민간인통제구역

2

OSIK

goat

계급	이름
일병	하성민
입대날짜	보직
2018.04.23	부분대장

생년월일	신장	혈액형
1996.11.09	172cm	A

복무부대

4사단 14연대 수색중대

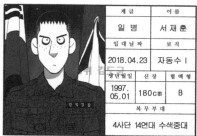

계급	이름
일병	서재훈
입대날짜	보직
2018.04.23	자동수 I

생년월일	신장	혈액형
1997.05.01	180cm	B

복무부대

4사단 14연대 수색중대

계급	이름
일병	조충렬
입대날짜	보직
2018.06.25	자동수 II

생년월일	신장	혈액형
1996.06.14	168cm	A

복무부대

4사단 14연대 수색중대

계급	이름
일병	이혁
입대날짜	보직
2018.06.25	수색병 I

생년월일	신장	혈액형
1996.03.29	170cm	O

복무부대

4사단 14연대 수색중대

계급	이름
이병	송하랑
입대날짜	보직
2018.09.04	수색병 II

생년월일	신장	혈액형
1998.06.16	178cm	AB

복무부대

4사단 14연대 수색중대

차례

특급전사 9

이혁과 조충렬 1 25

이혁과 조충렬 2 41

통곡의계단 57

하극상 73

사열 1 89

사열 2 105

하급전사 장성국 1 121

하급전사 장성국 2 137

이병 송하랑 153

트라우마 169

투입 185

패씸죄 201

병장 강호산 217

하성민과 조충렬 1 233

하성민과 조충렬 2 249

제설 265

낙뢰 1 281

낙뢰 2 297

피의 복수 1 313

피의 복수 2 329

헌병대 1 347

헌병대 2 363

이방인 1 379

이방인 2 395

거꾸로 매달아도 국방부 시계는 돌아간다 411

사건의 전말 1 445

사건의 전말 2 461

사건의 전말 3 477

사건의 전말 4 493

사건의 전말 5 509

사건의 전말 6 525

사건의 전말 7 541

전역 1 557

전역 2 573

특급전사

하랑아.
고생 많았어.

아닙니다.
조충렬 일병님.

살면서 북한을
볼 일이 또 언제 있겠습니까.

GP 처음 와본
날부터 운이 안 좋았네.

처음이라 그런지
신기해서 시간 가는 줄도
모르고 있었습니다.

볼 일 많지~
하랑이.

에이…
설마…

밤까지 새웠는데
체력단련
시키겠습니까…?

지금
사단장이라면
충분히 가능해.

하… 뭔 놈의
체력단련을 매일
시키냐고.

아무나 다
특급 따면 그게
특급전사야?

시발…

좆같은
특급전사…

뭐 해.

자…

잘 못
들었습니다…?

오늘은
체력단련
없으니까

들어가서
쉬라고.

와 아 아 아 아 아

내일
체력검정
있으니까

푹
쉬어둬.

이혁과 조충렬 1

충렬아! 빨리!

거의 다 도착했습니다!

이거는 여기에 결합하는 거야.

넵. 알겠습니다.

충렬. 뭐 해.

군장은 왜 싸?

부GP장님이 내일 행군 준비하라셨습니다.

아… 시발. 맞다. 내일 행군이네.

군장 다 싸면 행군에 필요한 물품들 챙겨 와.

뭐 챙겨야 되는지 알지?

넵. 지금 챙겨 오겠습니다.

그렇게 해.

이혁과 조충렬 ♀

야. 조충렬. 개새끼야.

너 지금 뭐 하자는 거냐?

왜.

뭐 때문에 그러는데.

송하랑.

너 나가 있어.

옙…

알겠습니다…

끼 익

보자 보자
하니까.

뭐.

뭐…?

아니. 뭐
어쩔 건데.

너는 어떻게
고등학교 때랑 똑같냐.

어쩜 그렇게
한결같냐고.

옛날처럼 때리기라도 하게?

정신 차려.

그리고 철 좀 들어.

꽈

악

이…

시발 새끼가…

끼

악

힐
끗

저기…

충렬아…?

넵.

왜
그러십니까?

아…
아니야.

빨리 끝내고
내려가자고.

넵. 도와주셔서
감사합니다.

하성민
일병님.

아…

시발. 빨리
특급 따버려야지.

뭐 해. 빨리
앉으라니까.

넵…
알겠습니다.

그동안 지루한
이야기 들어주시느라
고생 많으셨습니다.

민태홍
병장님.

감사
합니다.

통곡의 계단

자!
2소대 다 집합했나?

넵!

2소대 벌써 투입 전 마지막 훈련 행군만 남았네.

오늘 우리의 행군 코스는 주둔지에서 출발해 민통선을 지나,

군사분계선

남방한계선

민통

GOP 초소에서 약 한 시간 휴식을 취한 후,

다시 주둔지로 복귀하는 총 60킬로미터에 달하는 길로 이루어져 있다.

가는 길도 험하고 야간 산악 행군이 포함되어 있기 때문에,

안전에 신중을 기하길 바란다.

그리고 새벽에 비가 올 수도 있다는 예보가 있는데,

강수 확률 20퍼센트라니까 행군에는 별 지장 없을 것 같고…

어…!
하랑아.

잠시만.

왜…
그러십니까?

그거 말고
이거 마셔.

아.
아닙니다.

제 걸로
마시겠습니다.

수통에 받은 물은
웬만하면 마시는 거
아니야.

언제부터 쓴지도
모르는 수통…

그거 6·25전쟁 때
쓰던 걸 수도 있어.

힐끔

군용
1982

뭐 해.

이걸로
마시라니까.

감사합니다.

스윽

조충렬
일병님.

꿀꺽

꿀꺽

꿀꺽

후… 그래도
이제 평지라고 하니까
다행인 것 같습니다.

아까 오르막길
올라올 때는 하늘이
핑 돌았습니다.

아니야.

아직 큰 고비
하나 남았어.

62

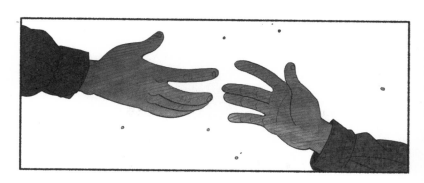

미안. 충렬아.

땀 때문에 손이 미끄러워서.

끄응

충렬아. 괜찮아?

AMB* 타려면 도로까지 걸어야 되는데 움직일 수 있겠어?

아. 아닙니다.

주둔지까지 얼마 안 남았는데 마저 완주하겠습니다.

*AMBulance, 앰뷸런스

절뚝

그 다리로 뭘 걷는다 그래.

AMB 타고 주둔지로 복귀해.

시간이 많이 늦었으니까 내일 아침에 의무대에서 진료받고.

아…

야!

아무나 와서 충렬이 군장 좀 들어줘라!

충렬아,
왜.

완주 못 해서
아쉬워?

제가
들겠습니다.

GP장님.

하…

너 말대로
거의 다 왔으니까
완주한 셈이지.

괜히 신경 쓰지 말고,
생활관 가서 푹 쉬어.

충렬이 왔어?

2소대장한테 전달받았다.

들어가면 샤워부터 하고 푹 쉬어.

넵…

알겠습니다…

강수 확률이 20퍼센트라던
오늘의 예보를 비웃기라도 하듯,

80퍼센트의 확률을 뒤엎고
장대비가 내렸다.

오는 길에 모두가 편히 쉬라고 했지만,
생활관에 도착한 순간부터 편히 쉴 수가 없었다.

세차게 내리는 빗소리는
나에게 쉬지 말라고 속삭이는 것 같았다.

그것은 쉬지 않는 것도
쉬는 것도 아니었다.

나는 한순간도
편히 쉬지 못했다.

하극상

시발.

행군 중에 비는
왜 갑자기 내려서
이 지랄이냐.

까아
악

모포에서
냄새 존나 나겠네.

재훈아.

모포 짜는 거
도와줄까…?

야!
혁아!

일로
와라!

넵.

서재훈
일병님.

아으...
삭신이 다
쑤시네.

뭔 놈의 행군을
비 오는데도 하냐...

몸은 좀
괜찮아?

하...

어깨랑 사타구니가
다 쓸려서 걸을 때마다
죽겠습니다.

영광의 상처
아니겠냐.

시발.

뭐야.

별거 아닌 거 같다더니

의무대에서 다리 부러졌대?

아. 아닙니다.

새끼. 조심 좀 하지.

죄송 합니다…

근육이 놀랐다고 일주일 정도만 깁스하고 있으면 된다고 합니다.

너 존나 위험했던 거야.

너뿐만 아니라 너 뒤에 걸어오던 인원들도.

혁아. 끝나고 이야기 좀 할 수 있을까?

*부대의 훈련 상태를 조사 및 검문하는 일

우와…

놀라긴, 새끼.

오늘은 고기만 있는 게 아냐.

오늘은 술도 준다고.

애들아!

연대장님 들어오신다.

우리 수색중대
다 왔어?

연대장님.

여기 앉으시면
됩니다.

아니야.
이 맛있는 고기를 내가
뺏어 먹을 수는 없지.

소대장이랑
소대원들 많이
먹으라고.

그리고 오늘
결혼기념일이라
술 먹고 들어가면
마누라한테 혼나요.

그래도 명색이
연대장인데 건배사는
하고 가야겠지?

술들
따라봐.

81

그럼 먼저 나가볼게. 편하게들 먹어.

넵. 감사합니다. 연대장님.

얘들아.

회식 시작해라.

은호야. 나도 먼저 들어갈게.

어… 술이라도 한잔하고 가시지…

왜 이렇게 일찍 들어가십니까?

피곤한데 뭔 술이냐.

그리고 좀 있으면 전역인데 나는 나가서 많이 먹을랜다.

내 꺼 네가 마시든지 애들 나눠줘.

넵… 편히 쉬십시오.

강호산 병장님.

혁이.
한 잔 더 받아라!

넵!
감사합니다!

야.
충렬아.

너도 한 잔 받아라.

야!

이혁!

술 처먹고
정신 못 차리지?

너 시발
방금 무슨 말투냐?

정은호
상병님.

제가 혁이
술 좀 깨우고,

잘 이야기하고
오겠습니다.

이혁.

너 시발
따라나와.

제가
취해서…

말실수한 것
같습니다…

피식

하
하
하

하
하
하

하…

치익

죄송합니다…

서재훈
일병님…

아니야.
혁아.

텁

괜찮아.

괜찮아.

사열 1

그렇다고 거기서
그렇게 말하냐.

아니 하성민이야
좆까라 하고 신경 끄고
살면 되는데

정은호 상병님은
어쩌려고.

죄송
합니다…

나한테
죄송할 건 없고

틱

틱

들어가서
하성민한테 사과해.

선임들 눈치는
봐야 될 거 아니냐.

정은호 상병님한테는
내가 잘 말할 테니까

걱정하지
말고.

넵…
감사합니다.

서재훈
일병님.

텁

골 때리는
새끼.

들어
가자.

회식은
마저 즐겨야지.

정은호 상병님.
죄송합니다.

제가 혁이
알아듣게 잘 말하고
왔습니다.

이 새끼.
술을 정도껏
마셔야지.
준다고 주는 대로
다 처먹으니.

에헤이~

정은호
상병님.

고가
초소…?

하아…
이재승 상병님.

이제 날씨도
제법 쌀쌀해졌습니다.

저벅

그러게…
벌써 가을도 다
끝나가나 보다.

하… 겨울
좋같은데…

저벅

겨울…

많이
힘듭니까…?

당연하지.
여기가 대한민국
최북단이잖아.

눈도 존나 내리고
기온은 영하 40도까지
떨어져.

하… 그 얘기
들으니까 벌써
싸늘한 것 같습니다.

동규야.

날씨도 쌀쌀한데
오싹한 이야기나
하나 들려줄까?

뭐… 저 군생활
까마득히 남았다고
놀리시려는 거 아닙니까.

아니야.

내가 우리 소대에서
내려오는 괴담 이야기
해준 적 있나?

아아! 저 안 들으렵니다.

저 진짜 무서운 이야기 못 듣습니다.

구랭?

그러면 더 해야징~

아아아! 이재승 상병님!

때는 오래전…

그날도 어김없이 지금 우리처럼 철책 점검을 돌고 있는데

어디선가 이상한 소리가 들리더래.

고라니 소리, 올빼미 소리, 지뢰 터지는 소리.

턱! 쓰ㅇㅇㅇ

턱! 쓰ㅇㅇㅇ

이런 소리 말야.

근데 뭐 너도 알다시피 여기서는 별의별 소리가 다 들리잖아.

그래서 그냥 아무렇지 않게 넘어가려는데…

필 그 소리가 들려온 곳이
4번 철책이었던 거야.

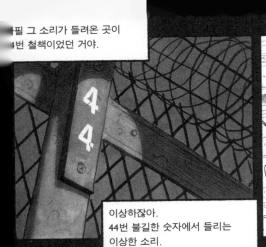

그래서 철책 점검을
마치고 소대원들한테
이야기를 해줬대.

이상하잖아.
44번 불길한 숫자에서 들리는
이상한 소리.

데 그 이야기를 한 뒤로
4번 철책을 지나는 소대원들마다
같은 소리를 듣는 거야.

그래서 소대원들은 그 소리를
'탁스 귀신'이라고 불렀지.

러던 어느 날 신병이
전입을 왔는데,

탁스 귀신의
정체가 너무나도 궁금했으니까.

그 신병한테는 귀신을 보는
영매 기질이 있었어.

소대원들은 바로 신병을 데리고
44번 철책으로 향했지.

신명이 말하길…

그래서 바로 의무실로 데려갔고
시간이 지나 정신을 차린 신병에게
그 소리가 뭐였는지 물어봤대.

그 소리의
정체는…

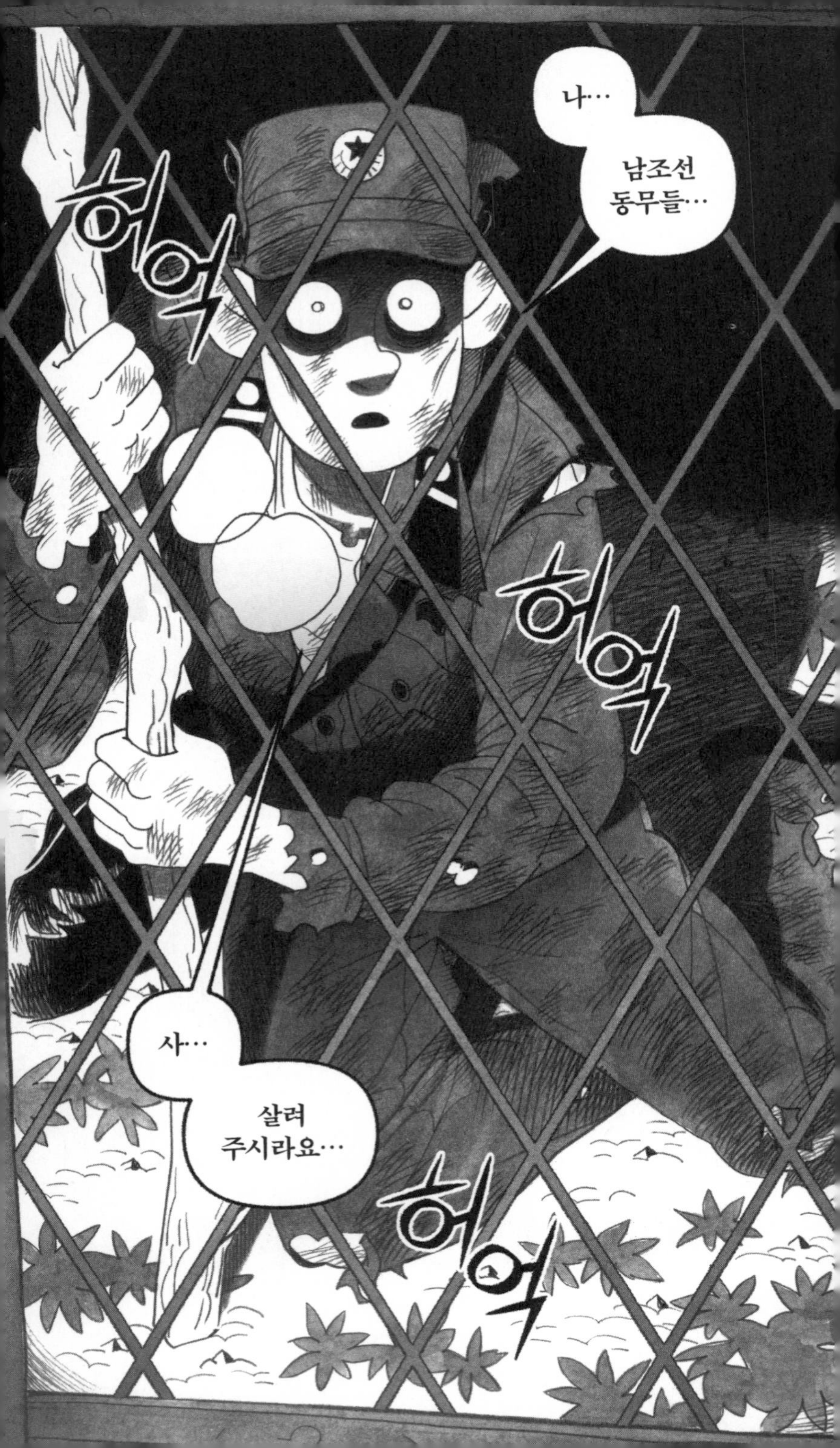
헉
나…
남조선
동무들…
헉
사…
살려
주시라요…
헉

사열 오

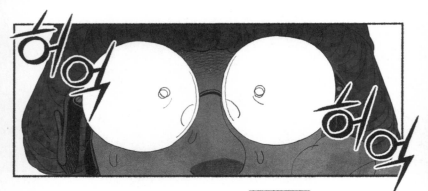

아니야…
저건…

진짜가
아니야…

어…

어디
있지…?

아…

고가 초소?

보고 빨리 부탁드립니다!

야!

조충렬!

죄… 죄송합니다…

강호산 병장님…

눈앞에… 이상한 게 보여서…

지랄하지 말고

꺼져.

수색중대 2소대 사열 보느라 고생 많으셨습니다.

오늘 사열에서 주어진 상황은 새벽 후반야 근무 때 미상의 인원이 갑자기 식별된 상황이었고

이 상황에서 소대원들이 어떻게 대처하는지를 보는 것이 이번 사열의 목적이었습니다.

결과부터 말하자면…

평가관은 아주 실망했습니다.

우선 사열을 보기 전부터 다른 연대의 수색중대에 비하여

현저히 낮은 특급전사 비율에 굉장히 실망했습니다.

사단장님께서
강조하신 특급전사가

하…

과연 이러한
마음가짐으로

작전 수행을
제대로 잘해나갈지
의문입니다.

최전선에서
대한민국의 눈이 되어야
할 용사들 중에

몇 없다는
것이…

그리고 결정적으로
불과 몇 달 전 같은 상황에서

완전 경계작전을 펼쳤던
소대라고는 믿을 수 없을 만큼
허술한 대처를 보였습니다.

특히 미상의 인원을
최초 발견한 고가초소에서의
대처가 매우 미흡했습니다.

미흡한 초기 대처로 인해
이후 모든 조치가 지연되고

이는
작전 실패로
이어지고 말았습니다.

고가초소에 있던
인원은 저번 실상황에서

표창까지 받은
인원이지 않습니까?

실망감을
감출 수가 없습니다.

그러나 이것은
비단 한 사람의 잘
못이 아닙니다.

제가 판단하기에는
저번의 성공적인 임무
수행으로 인해

소대의 분위기가
매우 풀어진 것 같습니다.

111

따라서…

다음 주에 사열을 한 번 더 실시하도록 하겠습니다.

다음 주에도 오늘같이 실망스러운 점들이 계속 발견된다면

부디 그런 상황까지 가지 않도록

GP 투입을 미루는 최악의 상황까지 갈 수 있습니다.

다음엔 더 긴장감을 가지고 사열에 임할 수 있도록 합니다.

이제 해산하셔도 좋습니다.

고생하셨 습니다.

나…
남조선 동무들…

사…
살려 주시라요…

시발!

제자리에 손 들고 서 있어!!!

114

저…
저거…

북한군
아닙니까…?

응…

맞는 거
같은데…?

북한군이…
여기 GOP까지
왔다는 건…

경계가…
개뚫린 거지.

우리
좆될 수도
있어…

115

꿀꺽

저는 이번 사건 조사를 맡은 기무대 수사관 윤현민 대위라고 합니다.

편하게 드시고 조사에 협조 부탁드립니다.

우걱 우걱

소속과 이름, 나이를 말씀해 주십시오.

우걱 우걱

민경대대 1중대 5소대 2분대 하급전사 장성국입네다.

올해로 열아홉 살입네다.

116

117

예…
같은 소대 동무와 월남했습네다.

그…

그 동무는…

그 소대원은 지금 어디에 있습니까?

같이 넘어…

넘어오지 못했습네다…

민경대대 1중대 5소대…

그렇다면 그 소대원의 신원을 말씀해주십시오.

2분대 하급전사…

리준택 입네다…

혹시 본인이 말씀하신 인원이…

이 인원이 맞습니까?

쓰윽

다시 묻겠습니다.

이 인원이 맞습니까…?

꽈악

맞습네다…

그렇다면 이번에는 수사관 동지께서 말씀해주시라요.

쓰윽

도대체 왜…

준택 동무를 사살한 겁네까?

하급전사 장성국 1

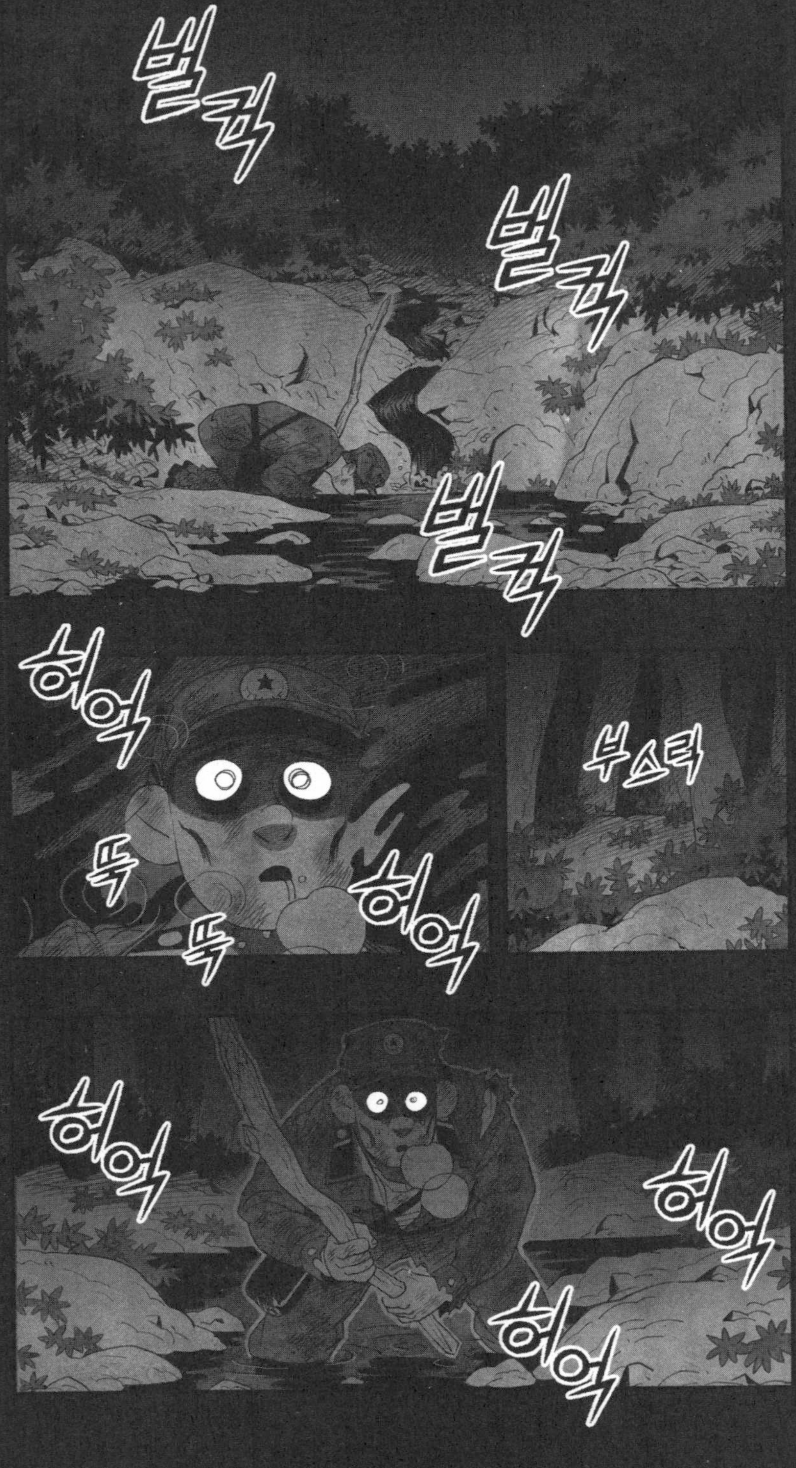
벌컥
벌컥
벌컥
허억
뚝
뚝
허억
부스럭
허억
허억
허억

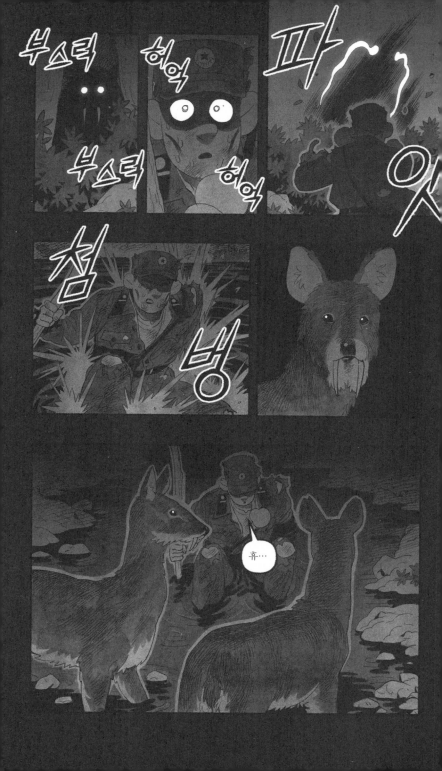

일 났다야…

목소리가 안 나와…

힐끔

사…

틱

틱

살려
주시라요…

윤 대위.

오늘 조사는
여기까지 하지.

예…

치
익

저…

수사
과장님…

저 북한군 말이 사실입니까…?

윤 대위.

자네 지금 저 말을 믿는 건가?

저 눈빛은… 거짓이 아니었습니다.

그리고 리준택 사살 사건을 수사했을 때, 느꼈던 찝찝한 무언가가 이번 진술에 따르면 깨끗하게 풀립니다.

아주 물러터진 소리를 하는구먼.

수사는 그런 식으로 하는 게 아니야.

우리가 지금까지 받은 자료, 알고 있는 사실을 바탕으로

합리적으로 추론해야지.

불쌍한 척하는 하소연에 감정적으로 흔들리면 안 되는 거라고.

쓰흡

그리고 설령 저 말이 사실이라고 해.

그렇다고 뭐가 달라지지?

402

장성국

충성

고생이 많으십니다.

혹시 그거 장성국한테 가는 식사입니까?

예. 맞습니다.

혹시 괜찮다면,

그거 제가 갖다줘도 될까요?

아…

그게… 원칙적으로는…

환자한테 접근이 안…

스윽

여…

여기 있습니다.

식사
가져왔습니다.

하급전사 장성국 2

하…

죄송합니다…

GP장님…

뭐야.
뭐냐고.

너네 분대 사열 전에 연습 안 했어?

*Field Training Exercise, 야외 기동 훈련

전날 주말에 저희끼리 계속 맞춰보고…

FTX*도 했는데…

했는데.

죄송
합니다…

그걸
말이라고 해?

당연히
그래야지.

했는데.
뭐.

다음번에는
차질 없도록 철저히
준비하겠습니다.

다음 사열 때도
차질 생기면
투입 날짜 밀리고,

그럼
시발…

하… 아니다.
너도 빡치겠지.

오늘은 그냥
좋은 교훈 얻었다고
생각하고

이제부터
잘하자고.

넵…

근데,
은호야.

다음에는
이런 일
없는 거다.

알겠지?

넵…
명심
하겠습니다…

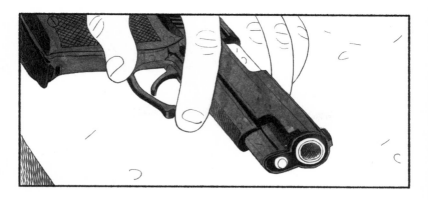

그게
중요한 거지요.

듣자 하니
두 달 넘는 기간 동안
산속을 헤매셨다고요.

얼마나 지치고
힘드셨습니까.

힘들게
부지한 소중한
기회…

잘 잡아야
하지 않겠습니까?

이곳에서 잘
적응하고
살아갈 수 있도록,

최대한 많은 지원을
해드릴 것을 약속드립니다.

그러기 위해선
본인의 적극적인 협조가
필요합니다.

144

협조해 주시겠습니까?

아, 죄송합니다.

제가 식사시간을 방해한 것 같군요.

스윽

이쪽 음식이 입에 맞으실지는 모르겠지만

식사 맛있게 하십시오.

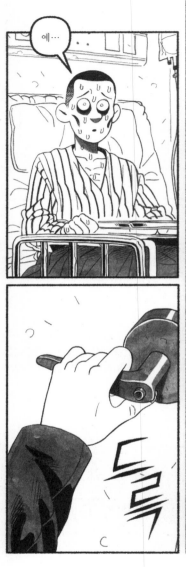

야.
정은호.

일로 와.

처익

정은호.

너 애들
관리 안 하냐?

아…
하긴 하는데…

조충렬
저 새끼가…
유독…

그러면 그 새끼만
집중해서 관리를 해야
될 거 아니야.

뭐, 답 없는
새끼라고 손놓고
마냥 앉아 있을 거야?

…
아닙니다.

147

너 이번이 GP 2회차야. 보고할 때 얼타는 시기는 지났다고.

시발. 너보다 하랑이가 더 잘하겠어.

야!

조충렬.

예…

정은호 상병님…

강호산 병장님이 찾으신다.

홉연장으로 가봐.

하…
나 진짜…

이렇게까지
군생활 좆같은지
몰랐다…

내가 저번에
말했던 조충렬이라고
기억해?

응·응.

좋은 대학교
나왔는데,
폐급짓 존나게
하는 새끼.

기분 몇 번 맞춰주니까
좋다고, 나 계속 챙겨줘서
받아주고 있었거든.

근데 이젠 뭐
더 빨아먹을
것도 없고

같이 다니면
내 군생활만 좆될 거
같아.

이병 송하랑

뭔 놈의 회식을
맨날 하고 지랄이야.

존나 한심해갖고…
연습들은 언제 하는지.

뭐?

그리고…

당연히
내가 주연이지.
시발.

지들이 뭔데
잘하고 말고
평가질이야.

157

수료 축하한다.
하랑아.

고생
많았어.

한 대
피워.

목 쓰는 사람이
뭐 담배야.

형 피워.

촥

오나인펜션

돗대
준 건데…

새끼

충성!

이병 송하랑!

잘 부탁 드립니다!

자대에 딱 도착했는데 생활관에 너보다 먼저 도착해서 각잡고 앉아서 네 동기라고 말하는 새끼가 있다?

그러면 100%, 1000%, 10000%의 확률로

그 소대 왕고거나 짬 좀 있는 새끼가 장난치는 거야.

원래 막내는 그런 귀여운 면도 좀 보여주고 그래야 돼.

근데 그냥 속아줘.

잘 부탁해.

반갑다. 동기야.

(그런 일은 없었다.)

그건 신병 놀리려고 하는 거니까
로 중요한 건 아니고… 그게 끝나면 같이
활할 소대 선임들이 환영해줄 거야.

그럼 걔가
그 소대 왕고야.

그중에서 기대고 누워서
제일 편하게 있는 새끼가 있다?

좀 있으면
안 볼 사람이니까,

김승준 병장님.
가 잘 다녀오십시오.

그동안 고생
많으셨습니다.

어. 그래.
고맙다…

적당히 비위만
맞춰주고 신경 꺼.

친해져봐야
아무 쓸모 없으니까.

네가 제일 유심히 봐야 될 새끼는
어깨에 녹색 견장 단 새끼.

얘네들을 분대장이라고 하는데
어느 정도 군생활 잘하는 애들한테
시키는 거니까 잘 보여야 돼.

그 분대를 잡고 있는
실세니까.

사실상 분대장한테만
잘 보이면 군생활 활짝 핀 거야.

좆같아도 분대장 전역할 때까지만
아양 좀 떨어줘. 분대장 전역할 즈음이면
너도 짬 좀 차서 군생활 편해질 거야.

머지는 뭐
람 봐가면서 걸러.

딱 봐도 병신 같은 새끼는
적당히 거리 좀 두고,

너한테 도움이 된다
그러면 옆에 둬.

런 새끼들이 짬찌일 때
일 도움된다고.

성격 안 맞아도 참고 있다가
단물 다 빨면 그때 가서 버려.

대신에 눈치껏
잘해야 된다.

거기서 라인 잘못 타면
너 군생활 꼬이는 거야.

내 동생 그 정도 눈치는 있잖아?

잔소리하는 거 같아도 다 동생의 무사 전역을 위해서 올리는 말씀이니까 새겨들으십시오.

빨리 나와서 동생 하고 싶은 거 마음껏 해야지.

거기 갇혀 있는 것만도 스트레스인데

사람 때문에 스트레스받지 마.

충렬아.

아…
아닙니다.

전화하려고
나온 거야?

근데…
좀 있으면
청소 시간인데.

강호산 병장님이
찾으신다고 해서…

조충렬
일병님.

전화
쓰시겠습니까?

뒷짐.

친구야.

내가 웬만하면 조용히
있다가 가려 했는데…

트라우마

친구야.

내가 웬만하면
조용히 있다가
가려 했는데…

나 테스트
하는 것도 아니고.

내가 시발
가만있으니까

존나
만만해 보여?

아…

아닙니다…

죄송
합니다…

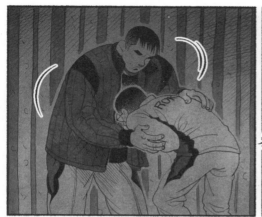

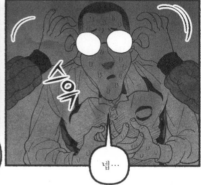

근데 청소 안 하고 여기서 뭐 하냐?

죄송합니다.

바로 청소하러 가겠습니다.

하…

2소대도 존나 빠졌구나.

소대 자~알 돌아간다.

시발.

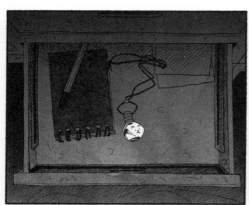

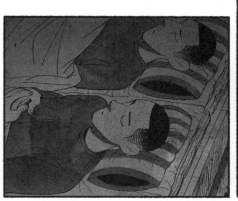

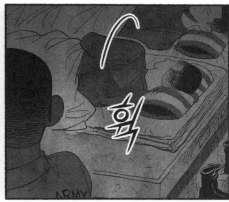

죄송
합니다.

민태홍
병장님…

재미없는 이야기
듣기 싫어하시는 거
아는데…

또 이렇게 찾아
뵙게 됐습니다.

저 혼자서
잘해보려고
했는데…

정말…
잘해보려
했는데…

처음에는 그렇게
생각했습니다…
내가 열심히
하면 되겠지.

뚝

뚝

정말 열심히 해서
노력하는 모습을
보이면…

실수를 해도
이해해주시겠지…

근데… 저는
예외인가 봅니다…

뚝

뚝
뚝

실수 한 번.
그 한 번으로도

몇 주 노력이
이렇게 쉽게
사라지니 말입니다.

이제는…
정말 방법을
모르겠습니다…

제가
어떻게 하면
되겠습니까…?

사열 연습하게 FTX 준비해라.

장구류 다 착용하고 총기함에서 총 꺼내와.

막내들은 창고에서 물 꺼내오고.

GP장님이 FTX 취소라고 생활관에서 대기하시랍니다.

2소대! 하는 거 멈추고 잠깐 주목.

내일 당장 GP 투입되게 됐으니까,

GP 투입 준비해.

각자 빨리 개인 짐 싸고

짐 다 싸면 분대별로 물자 챙겨서 미리 실어놓고.

성공적인 11.12 귀순자 유도작전

▲ 성공적으로 귀순자 유도작전을 펼친 4사단 14연대 GOP 소속 박동규 일병(좌), 이재승 상병(우)에게 상장을 수여하는 남기찬 4사단장.

이게 뭐야…

11월 12일이면…

며칠 전이잖아…?

같은 사단에서 귀순자를 잡았는데

그러니까. 심지어 이번엔 축하 행사도 없고

존나 불쌍하네…

근데 이게 우리 내일 투입되는 거랑 무슨 상관인데?

어떻게 우리가 모를 수가 있어?

포상도 우리가 받았던 거 반밖에 안 줬어.

자세히 좀 봐봐.

애네가 어디 소속인지.

GP장님.

저…

드릴 말씀이
있습니다…

어.
충렬아.

지금 많이
바빠서 그런데
나중에 하면
안 될까?

지금 꼭
해야 되는 거야?

예.

지금 꼭
말씀드리고
싶습니다.

그래. 바쁘니까 빠르게 용건만 말해.

GP장님… 저…

상담을 한번 받아보고 싶습니다…

사실… 저번에 북한군을 사살하고 나서부터 죽은 북한군이 계속 눈에 보입니다.

…상담?

상담은 왜?

그럴 때마다 훈련에 지장이 생길 만큼 머릿속이 하얘지고…

하… 충렬아.

내일이 바로 투입인데 그걸 이제야 말하면 어떡해.

평상시에도 헛것이 보여?

평… 평상시에는 아닌데…

팀

그러면 일단 내일 투입 같이 해.

투입

그러면 일단 내일 투입 같이 해.

GP 올라가서도 계속 그러면

그때 상담받을 수 있도록 주둔지로 내려 보내줄게.

괜찮지?

아…

나도 마음 같아서는 바로 상담 보내주고 싶어.

그때 있었던 일이 작은 일도 아니고 워낙에 큰일이었으니까.

저벅

저벅

근데 이번에 투입될 수밖에 없는 상황을 이해해 줬으면 좋겠다.

너도 알듯이

부스럭

원래는 우리가 사열을 한 번 더 보고 통과해야 투입되는 거였잖아.

근데 예정돼 있던 사열을 취소할 만큼

스윽

긴급한 작명을 받고 투입되는 거란 말이야.

쯔르륵

그러다 보니까 예비병력도 없고…

여기서 인원 한 명만 비어도 GP 올라가서 임무수행하는 데 지장이 크거든.

그러니까
힘들어도 2주,

아니. 일주일만
버텨보자.

휘적

휘적

스윽

가서 힘든 작업 같은 건
최대한 열외로 해줄게.

일주일.

딱 일주일만
어떻게 안 될까?

GP 올라가서
무슨 일 안 생기게,

네가 옆에서
잘 케어해.
알겠어?

넵...

아무튼 이제 빨리
경작서 맞춰보자.

그래서 투입하는
첫 주에 전반야가
2분대라고?

넵.
맞습니다.

힐끗

군장은 개수 다 맞습니다.

이제 공용화기랑 물자들만 실으면 됩니다.

오케. 근데 계속 거기 있었는데 안 힘드냐?

바꿔줄까?

아.

아닙니다.

하랑이가 도와줘서 괜찮습니다.

좋아. 좋아.

아주 보기 좋아.

예뻐들 죽겠어~~

끼익

연대장님 투입 전 신고 있단다.

집합해.

이제 연대장님께서 이동하시어

투입되는 2소대원들에게 악수로 격려하시겠습니다.

상병 정은호

분대장으로서 분대원들과 성공적으로 임무수행 마치고 돌아오겠습니다!

일병 이혁!

이번에도 연대장님께 완전 경계작전 안겨드리겠습니다!

일병 서재훈!

올라가서 북한군들이 뭘 하고 뭘 먹는지 하나하나 감시하고 오겠습니다!

병장 강호산.

열심히 하겠습니다.

민통선

끼이익

STOP

덜컹

헌병
MP

덜컹

이야~ 하랑이.
이제야 GP 들어가네.

첫 GP 타러 가는
기분이 어때?

저희가 타는 GP
말로만 좋다고 들었는데,

덜컹

덜컹

실제로
볼 생각하니까
설렙니다.

설렌다고…?

너도 정상인은
아니구나.

부릉

부릉

부디 그 설렘
오래가길 바랄게.

하… 존나 어이없네.
너는 지휘
계통도 몰라?

예.

그거를 왜 나한테
말도 없이 GP장님한테
바로 말해.

제가 전에
말씀드리지
않았습니까.

총만 잡으면
머릿속이 새하얘진다고.

새하얘지는 이유가
제가 죽인
북한군이 보여서
그랬던 겁니다.

그게 너무 힘들어서
상담 한번 받아보고 싶다고
건의드린 건데…

야.

너만
힘들어?

시발
너만 힘드냐고.

나는 네가 죽인
북한군을 바로
코앞에서 봤어.

너는 그냥 멀리서
실수로 방아쇠
한 번 당긴 게
다지만

나는 그
머리가 터진 시체를
코앞에서 봤다고.

네가 머리가 터져서 뇌가 사방에 흩어진 장면을 보는 게 어떤 기분인지 알아?

그 장면이 계속 꿈에 나와.

그럼 그때의 역했던 느낌 그대로 잠에서 깬다고.

그…

그렇지만…

통문 개방 승인 떨어졌다.

곧 있으면 투입이니까 준비해.

치익

아무튼 그 일로 너만 힘든 거 아니니까

시발, 그만 징징대.

딸깍

알겠냐?

…

개나리, 개나리
당측 라일락, 라일락

현 시간부로
투입하겠다고 알림.

다시 찾아온 이곳은
바뀐 게 하나도 없었지만,
모든 것이 처음 보는 듯 낯설었다.

낯설어 보이는 많은 것들 사이에서
가장 낯설게 느낀 것은…

바로 저곳.

왜인지는 모르겠으나,
오늘따라 한번 들어가면 다시는
빠져나오지 못할 감옥처럼 느꼈다.

괘씸죄

뭘 그렇게
보고 있어.

뭐
있어?

아.
아닙니다.

그냥
저녁 점호 하는 것
보고 있었습니다.

저기서
두 명이나 넘어
왔는데

점호 빡세게
해야지.

저런 거 보면
신기합니다.

쟤네도 똑같은
군인이구나…

별게 다 신기하다.
나도 좀 그랬으면 좋겠어.

요즘에도 고가초소 올라올 때마다 막 설레고 그러냐?

넵.
아직도 제가 바라보는 곳이 북한이라는 게 안 믿깁니다.

그럴 수 있지.
아직 투입된 지 사흘밖에 안 지났잖아.

꼭 그래야 된다.
알겠지?

나도 처음 GP 탈 때 일주일은 신기해했던 거 같아.

저는 한 달 지나도 신기할 거 같습니다.

넵.
알겠습니다.

그리고 나랑 근무 설 때는 좀 편하게 있어도 괜찮아.
계속 보고 있으면 눈 아프잖아.

아.
아닙니다.

제가 신기해서 보는 겁니다.

참군인이야. 리스펙트한다.

근데 참군인 씨. 좀 있으면 어두워지는데 야간 장비로 바꾸지?

넵. 장비 교체 하겠습니다.

서재훈 일병님. 요즘 들어 느끼는데…

GP 올라오니까 갑자기 추워진 것 같지 않습니까? 완전 겨울 날씨입니다.

여기가 원래 존나 추워.

좀 있으면 눈도 내릴걸?

하… 추운 거 존나 싫은데…

하아암

아니. 추운 건 상관없으니까

근무나 좀 편히 서고 싶다.

GP장님은 왜 조폐급 그 새끼 보고 근무를 들어가지 말라는 거야.

시발.

안 그래도 빡센 근무가 더 빡세졌잖아.

야.

은호야.

나만 이해
안 가는 거냐?

왜 조충렬
그 새끼가 근무에
안 들어가.

GP장님이
다음 주에 충렬이 상담받게
내려보낼 거니까

그 전까지 아무것도
시키지 말라고…

알아.
그건 나도
아는데

시발 갑자기
상담이 웬 말이냐고.

뭐, 사람
죽여서 그래?

아니. 그래.
사람을 죽였으니까
그럴 수 있지.

근데 그건 시발.
실수로 그런 것도
아니고

자기가
자발적으로 쏜 거
아니야.

저쪽에서 먼저 총질해서
쏴 죽였는데 뭐가 괴로워서
상담을 받냐고.

양심에 가책을
느낄 일이
전혀 없잖아.

백번 양보해서
양심에 가책을 느낀다고 쳐.

근데 포상을
그렇게 받고, 휴가도 존나
길게 나갔다 왔잖아.

양심에 찔렸으면
휴가 반납했어야지.

휴가 받을 때는
좋다고 룰루랄라
나갔으면서

쓰흡

그 정도로 길게
휴가 나갔다 오면 있던
정신병도 치료되겠다.

들어와서 조금
힘들다고 상담 이 지랄.

쓰흡

쉬는 시간도 존나 짧아서 힘들어 뒤지겠네.

말년에 시발, 진짜…

고생 많으십니다…

강호산 병장님…

됐고.

나 생활관에서 쉬고 있을 테니까,

이따가 교대 맞춰서 깨우러 와.

알겠습니다.

편히 쉬십시오.

이야.
뭐 하는 거야?

공부하는
거야?

아…
아닙니다.

일기 쓰고
있었습니다…

올라가서
애들 밀어줘.

옙.
알겠습니다.

호산아.

충렬이
잘 챙겨라.

병장 강호산

야. 박진표. 너 왜 자꾸 내 말 안 들어.

내 말이 아주 개좆이지?

아… 아닙니다…

그러면 왜 내가 시키는 거는 안 하는데.

내가 14시 되면 짬 버리고 취사장 청소하랬잖아.

네…

근데… 고가초소 근무자도 밥 먹을 수 있게 14시 반에 치우라고…

누가.

시발. 누가 그랬는데.

힐끗

내가.

내가 그러라고 시켰어.

14시에 치우면 고가에서 내려오는 애들 밥을 못 먹으니까.

그럼 고가 애들 것만 따로 퍼놓고 치우면 되잖아.

…

GP장실

전출…
말씀이십니까…?

그래.

그래도 같은 GP
탈 수 있게끔 2소대장한테
내가 잘 말해놨어.

아니.

제가 갑자기
왜 전출을 갑니까.

마음의편지가
나왔다.

에휴… 그러게
애는 왜 팼냐.

애가 실수했어도
말로 혼내지.

하…
박진표…

개폐급
새끼…

호산아.

2소대 가서는
사고 치지 말고
잘 지내.

좀 있으면
병장이잖아.

집에 무사히
가야지.

자! 이제
소대랑 임무교대
해야 되니까

들어가서
1소대 인원들한테
인수인계받아.

엽!

척

척

척

스윽

호산아.

걸어서
올라오느라
고생 많았어.

으으으

아…

아…
그게…

저기…
창문 밖에
뭐가 보여서…

뭐?

그게
무슨 개같은
소리…

고가입니다.

강호산
병장님.

GOP에서
자리 이탈하지 말라고
연락 왔습니다.

시발…
알겠다.

죄송
합니다.

고생
하십시오.

너 이따가
근무 끝나고
보자.

죄…

죄송
합니다…

하.
시발새끼.

이 핑계 저 핑계
지어대면서까지, 그렇게
근무 서기가 싫어?

근무 들어가기
싫냐고.

아...

아닙니다...

아니긴
뭐가 아닌데.

툭하면 뭐가 보인다,
뭐가 보인다, 이 지랄.

그거

내가 오늘
고쳐줄게.

텁

시발.

뭐야.

하성민과 조충렬 1

…뭐?

너 뭐라
그랬나?

그만…하셔야
될 것 같습니다.

고가초소에서
무슨 일이 있었는지는
모르겠지만…

안 그래도 충렬이
다음 주에 상담받으러
내려가는데 이러시는 건 좀…

알겠어.

일단
이것 좀 놔봐.

스욱

조충렬 저 새끼는 상담 때문에 놔둔다고 해도

너는 시발, 뭐냐.

뭔데 선임한테 이래라저래라야.

아니… 안 그래도 힘든 애를 이렇게 몰아가는 게

과연 충렬이한테 좋은가 하는 겁니다.

애초에 힘들어서 근무 들어가지 말라고 한 애를 강호산 병장님이 말씀해서

어쩔 수 없이 근무 서게 된 거 아닙니까.

하… 시발.

너네 얼굴이 왜 그래?

뭔 일 있었어?

저벅

저벅

저벅

아…

충렬이랑 뭐 나르다가 계단에서 넘어졌습니다.

그런 일 있었으면 나한테 바로 말했어야지.

죄송합니다.

의무병한테 바로 치료받아서 괜찮습니다.

다음부턴 의무병보다 나한테 먼저 말해라.

올라가서 고가 밀어주고 와.

넵. 고생하십시오.

하성민
일병님은…

왜 이렇게
저를 챙겨주십니까…?

…

다른 선임분들이랑
다르게 저한테 싫은 소리
하나 안 하시고…

저는 하성민 일병님께
도움 된 거 하나 없는데

매번 이렇게
챙겨주시는 이유가
궁금합니다.

흠…

이건 아무한테도
말한 적 없는데…

충렬이 너한테는
할게.

나한테는 성우라고
나이 차이가 많이 나는 늦둥이
동생이 한 명 있어.

근데
내 동생은…

같은 반 애들한테
괴롭힘을 많이 당했어.

그리고 나는 동생 다리가
부러지고 나서야 심각성을 깨달았고.

그때부터
였나 봐.

주변 사람
챙겨야겠다고
마음먹은 거.

다시는
후회하고 싶지
않으니까.

아…

말씀해주셔서
감사합니다.
하성민 일병님.

아니야.

나도 고마워.
충렬아.

그럼 동생분은
건강히 잘 지내시는
겁니까?

응.

다행히도
많이 밝아졌어.

그래서 나도
마음놓고 여기
온 거야.

245

하성민과 조충렬 ♀

전역이 아무리 얼마 안 남았다고 해도 같은 소대 가족이니까 애들 좀 챙겨.

분대 최고 선임으로서 후임들한테 관심을 가져야지.

예. 알겠습니다.

그럼 요즘 별일 없는 거지?

애들이랑은 사이좋고?

예. 이상 없습니다.

그래.

알았다.

다시 한번
감사드립니다.

하성민
일병님.

덕분에
군생활 견디는 것
같습니다.

에이.
아니야.

아.
그건 그렇고

나도 충렬이한테
궁금한 거 있었는데
물어봐도 돼?

물론
입니다.

다 대답해
드리겠습니다.

항상
궁금했던 건데…

충렬이 너는
어쩌다가 수색중대에
지원하게 된 거야?

교하는 순간부터
속되는 애들의 괴롭힘과 따돌림.

그 때문에 저는
더 소심해지고 조용해졌습니다.

느새 친구라고 부를 만한
람들이 주변에 남아 있지
았습니다.

선택지는 공부뿐이었고,
그건 결과로

같이 놀 친구들이 사라지고 나니,
혼자 할 수 있는 건 많지 않았습니다.

증명할 수 있는
것이기도 했습니다.

러다 보니 좋은 학교라 부를 만한 곳에
어가게 된 것입니다.

그렇게 들어간 학교에서의 생활도
지금까지의 생활과 별반 다르지 않을 거라고
생각했습니다.

하지만
그곳의 생활은 달랐습니다.

그곳에서는 저를 향한
어떤 비난이나 따돌림도 없었습니다.

그제서야 저는
깨달았습니다.

나는 이제껏 갇혀 있었구나,
더 넓은 세상이 존재했구나.

그때 저는 알을 깨고 나온
느낌을 받았습니다.

그리고 군생활을 통해
보여주고 싶었습니다.

천하무적 섬광부대 신병교육 수료식

부모님도 하성민 일병님과
똑같이 말했습니다.

다른 곳으로 지원해서
더 편하게 군생활하지, 왜 최전방에
지원해서 사서 고생이니.

저는
대답했습니다.

저는 이제
씩씩해졌고,

어떤 일도
해낼 수 있다는 걸
보여드리겠다고.

그래서 이곳으로
오게 된 겁니다.

아… 그런 거구나.
내가 부끄러워지네.

나는 휴가 많이
준대서 왔는데.

그래서
지금은 군생활
괜찮은 거지?

그날 주둔지에서 들려온
소식은 충격적이었다.

하성민 일병님의 동생 성우가
투신했다는 충격적인 소식.

안 그래도 무거웠던 GP의 공기는
그 소식으로 더욱 무거워졌다.

청원휴가
신청했으니까

휴가는
걱정하지 말고
가서…

에휴…

잘 갔다 와.
성민아.

좋은 소식
있을 거야.

하성민 일병님의
철수는 빠르게 진행되었다.

한 시간도 안 돼서 경계 차량이 올라왔고,
하성민 일병님도 철수 준비를 끝마쳤다.

하성민
일병님.

어…
충렬아.

그동안
고생하셨습니다.

여기는 걱정하지
말고 잘 다녀오십시오…

아.

가시기
전에…

이게…

뭐야?

제설

통신보안.

충성. 1812GP 상황병
상병 윤승규입니다.

다름이 아니라
다음 주 월요일에
헌병대 조사 들어온다고
작전표에 올라와 있길래…
이유가 궁금해서
전화드렸습니다.

넵.

넵.

아…

넵.
감사합니다.

뭐래?

뭐 때문에
들어온대?

아…

그게…

고생하십시오.
충성.

누가 국방헬프콜에 연락을 한 것 같다는데…

신고 들어온 게…

4사단 GP에서 구타가 있었다고 신고 들어와서

헌병대에서 조사하는 거랍니다.

우리 GP래?

신고자가 어느 GP라고는 말을 안 해서

저희 사단에 있는 모든 GP에 헌병대가 들어온답니다.

하… 존나 귀찮게 됐네…

그럼 밀린 교육이랑 마음의편지랑 다 정리해놔야 되잖아.

내일부터 밀린 교육이랑 그런 거 다 할 거니까 분대원들한테 미리 말해.

그리고 헌병대 오기 전에 분대장 일지 다 써놓고.

은호야.

들었지?

네… 알겠습니다.

GP장님.

269

누가 4사단 GP에서 구타당했다고 신고했다고?

치익

네…

그렇습니다.

하…

조충렬 시발새끼.

조충렬이 한 거 아닐 수도 있습니다.

신고자가 어느 GP라고는 말을 안 해서, 4사단 모든 GP에 헌병대가 들어온답니다.

너는 그 말을 믿냐?

딱 봐도 조충렬 그 폐급새끼가 신고한 거 아니야.

어…

혹시나 해서 그러는데.

네가 찔렀냐?

야.

조충렬.

넵.

강호산
병장님

다음 주에 헌병대에서
조사 들어오는거 들었지?

넵.

들었습니다.

시발.

이제
속이 후련해?

잘…

잘 못
들었습니다?

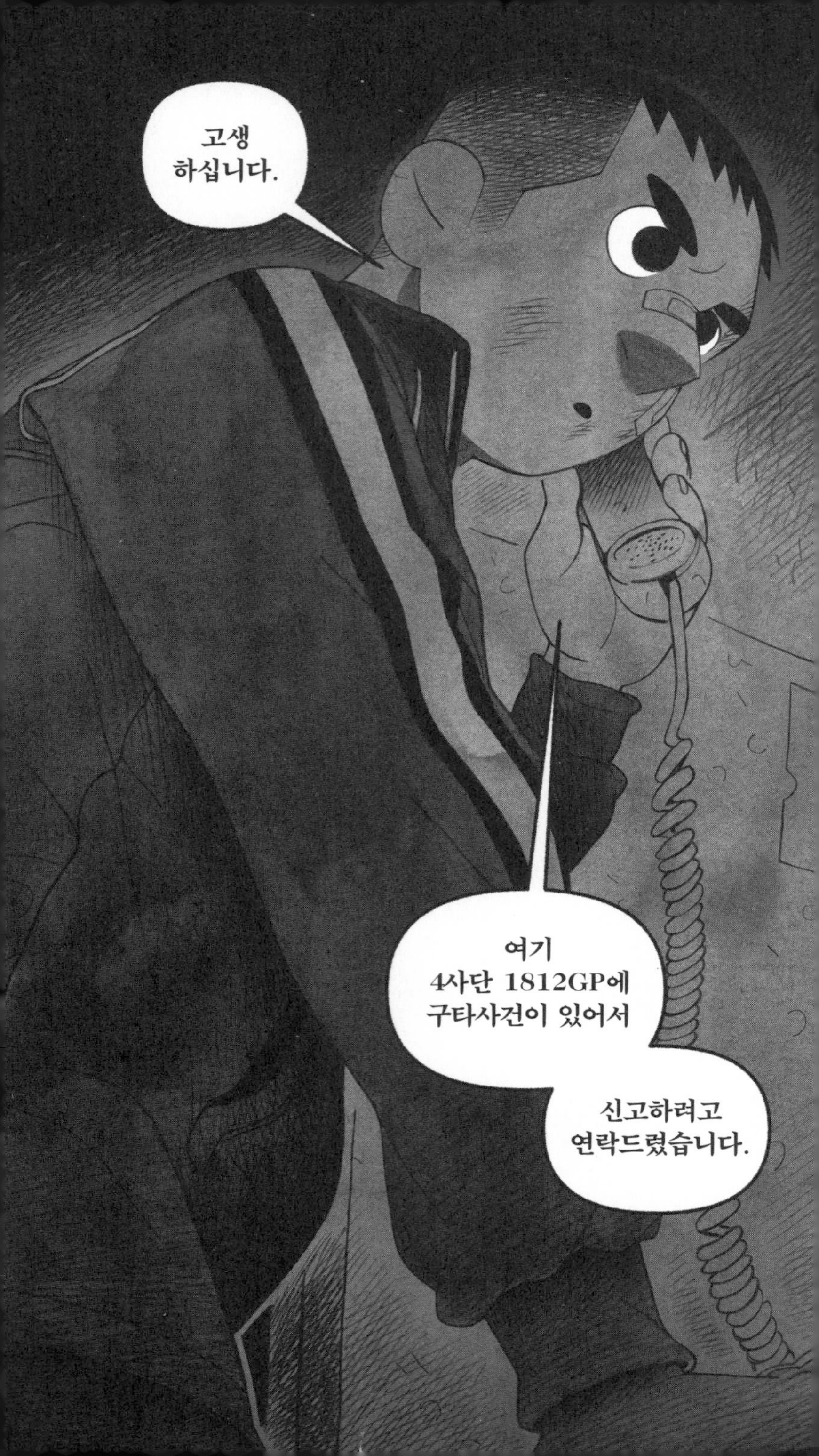
고생
하십니다.
여기
4사단 1812GP에
구타사건이 있어서
신고하려고
연락드렸습니다.

낙뢰 1

야!
조충렬!

거기서
뭐 해!

빨리
안 와?

죄…
죄송합니다.

빨리
가겠습니다.

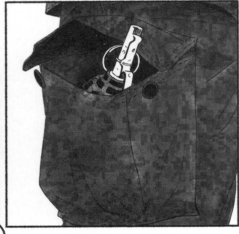

부GP장.

제설하느라
고생 많으셨습니다.

애들아.
고생 했다.

이제 들어가서
푹 쉬어.

쿵!

아닙니다.

근데…
날씨가 흐린 게…

이러다 또
눈 오는 거 아닌가
걱정됩니다.

안 그래도 저녁에
번개 칠 수 있다고
전파 오긴 했는데…

눈이 그렇게
많이 쌓이진 않아서

그나마 좀
수월했습니다.

283

사건이 발생한 해당 사단은 전부터 병영 부조리 관련 사건 사고가 끊이지 않아

병영 문화 개선을 위한 다양한 조치를 취했다고 알려졌습니다.

하지만 취했던 조치가 효과가 없는 것 아니냐는 비난의 목소리가…

팟

…뭐야.

하랑아.
발전기 좀
확인하고 와봐.

넵.
알겠습니다.

삐익

넵…

고가초소에서
낙뢰 식별해서 낙뢰 조치
들어갔습니다.

혁아.
여기 플러그 좀
다 뽑아줘.

삽탄.

탁

탁

삽탄.

너네 CCTV
끊어졌다고 해서 근무 태만이고
그러기만 해봐.

걸리면
죽는다.

근무 똑바로 서고
고가초소 저가초소로
전환했으니까

저가초소로
투입해.

번개 맞기 전에
서둘러서 뛰어가.

끼익

낙뢰 끝나면
교대 인원 보내줄게.

고생해라.

넵…

고생
하십시오…

말년…
진짜…

스펙터클
하다.

야.
조충렬.

이 정도면
시간 많이 줬다.

나한테
할 말 없냐?

저…

강호산
병장님.

헌병대에
신고한 거…

진짜 저
아닙니다.

하…
개새끼.

솔직하게
말하면 봐주려고
했더니만…

아직도
개구라치네.

저…
정말 솔직하게
말한 겁니다.

진짜
저 아닙니다.

그럼 시발,
누구야.

하성민
그 새끼는 바로
내려갔고

여기서 찌를 새끼는
너밖에 없는데.

288

294

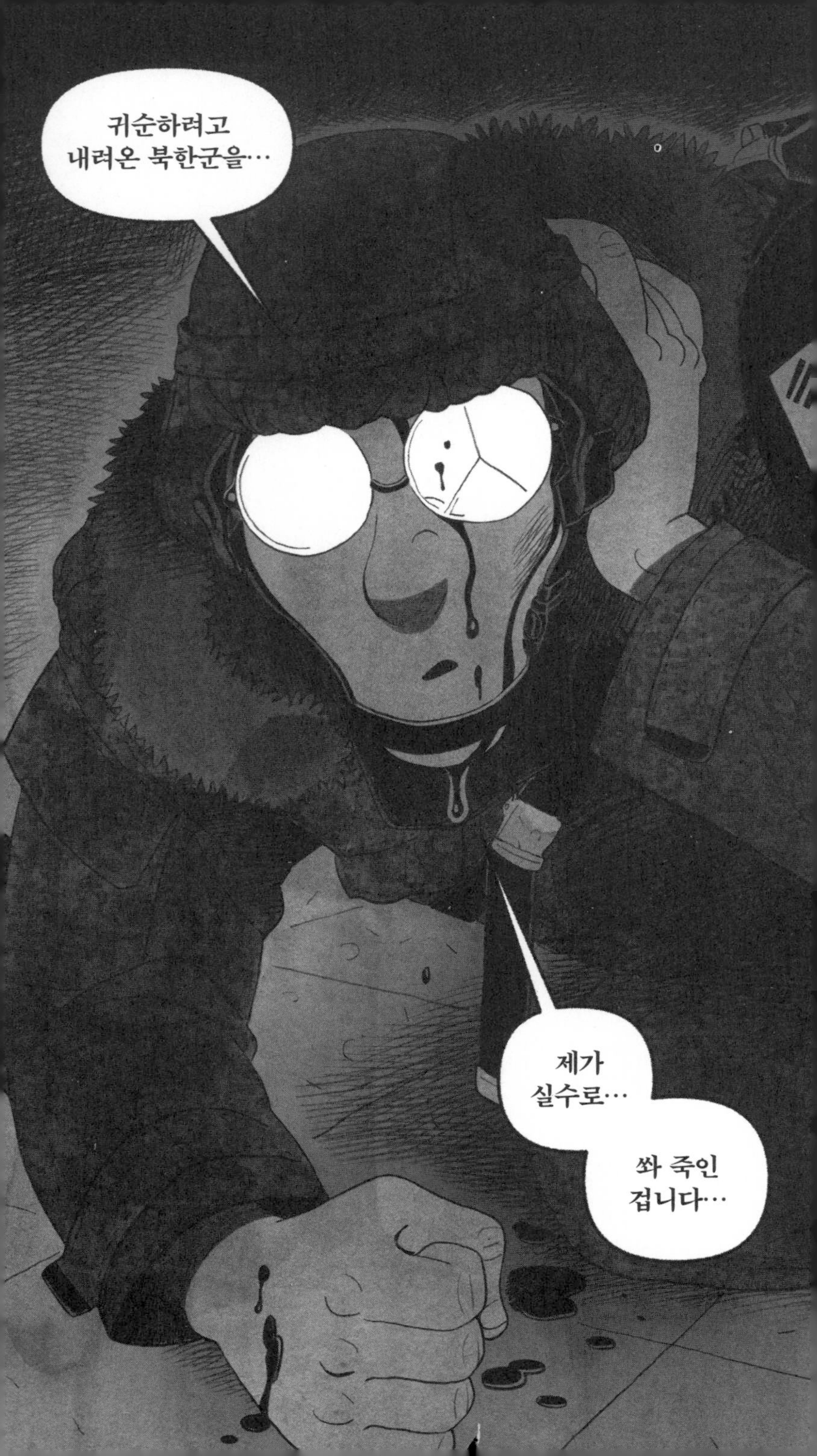
귀순하려고
내려온 북한군을…
제가
실수로…
쏴 죽인
겁니다…

낙뢰 ♌

ㄲ벅

ㄲ벅

스윽

어…

아니.

아…

그래…

왜?

성우 의식
돌아왔대?

그래도 많이
안정됐대.

뭔 일 있으면
깨워줄 테니까.

누워서
푹 자요.

응…

고마워. 아들.

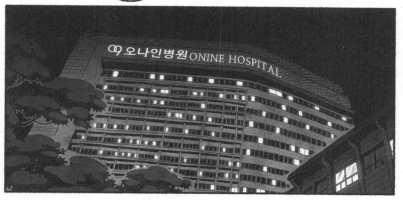

ㅇㅇ오나인병원 ONINE HOSPITAL

아.

라이터 두고 왔나…

귀순하려고
내려온 북한군을…

…뭐?

제가 실수로
쏴 죽인 겁니다.

시발.

깜짝이야.

야.

조충렬.

뭔 말을
하다가 말아.

툭

GP장님이
뭘 했는데.

민태홍
병장님.

도와
주십시오.

중얼

중얼

중얼

중얼

민태홍
병장님.

도와
주십시오.

야.

대답
안 하지?

타

야

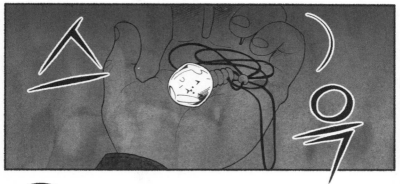

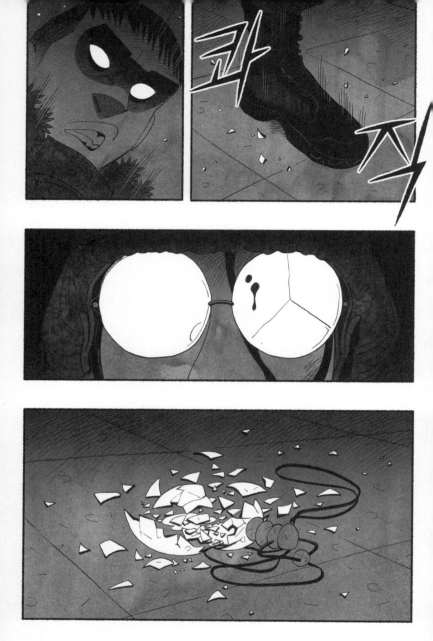

개새끼야.

가져갈 거면
가져가봐.

너 진짜
돌았구나?

그게 무슨 시발,
BB탄총이라도
되는 줄 알아?

쏘지도
못할 거면서

그렇게
막 들이밀고
지랄이야.

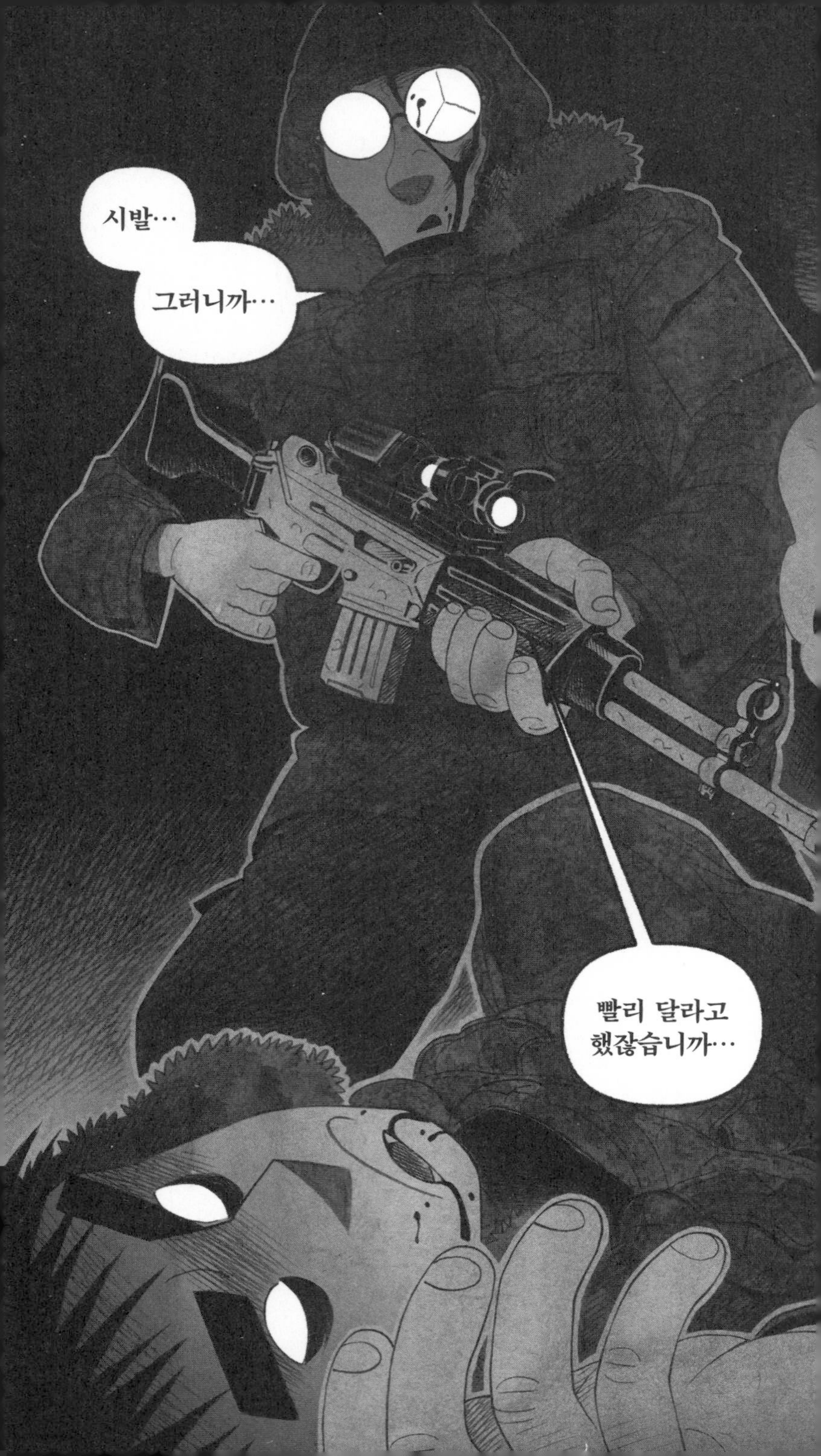
시발…
그러니까…
빨리 달라고 했잖습니까…

피의 복수 1

GP장님
제가 이겼습니다.

하…
아니지.

첫 판은
연습게임이잖아.

에이.

깨끗하게
승복하십시오.

GP장님이 먼저
진 사람이 초소 순찰
갔다 오자고
하시지 않았습니까.

아니, 내가
가고 싶은데…

원칙이
그래.

낙뢰 상황일 때
지상부 올라가는 거
아니야.

그리고
간부가 상황실을
지켜야지.

딱 깔끔하게
갔다 오십시오.

승부의 세계는
냉정한 겁니다.

하여간 따박따박 말대꾸는…

갔다 오면 될 거 아니야.

저벅

저벅

저벅

뭐야.

충렬아.

왜 내려왔…

너 얼굴에 피 뭐야.

어디 다쳤어?

GP장님.

죄송 합니다.

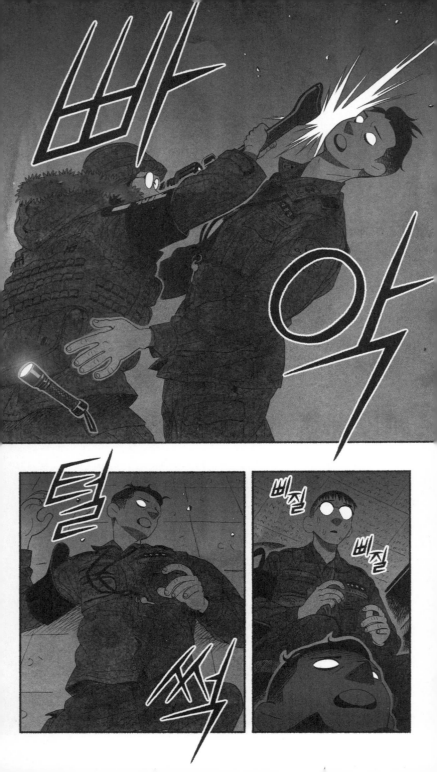

저 윤승규 상병님
해칠 생각 없습니다.

열쇠만
주십시오.

어…

응…

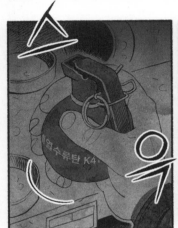

야.
승규야.

아직도
낙뢰 안 끝났냐?

326

궁요궁

피의 복수 2

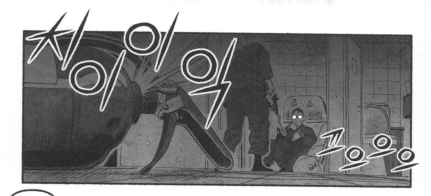

처음에는
형태도 못 알아보게끔

벌집을 내주려고
했는데…

너 같은 새끼한테는
총알도 아깝다는
생각이 드네.

너는
그런 새끼야.

총알 한 발도
아까운 새끼.

제발…
살려주라…

충렬아…

서재훈 그 새끼만 보내주면

아무도 안 해친다고 약속할게.

아! 시발. 밀지 마.

툭

툭

밀지 말라고!

타

재훈아. 이제 깔끔하게 끝내자.

다른 분대원들은 다 먼저 갔어.

충렬아. 왜 이래…

이렇게 해서 네가 얻는 게 뭐야.

제발. 응? 우리 좋게좋게 가자.

손에 그거 내려놔. 너는 고통 없이 이 총알 한 발로 끝내줄게.

응…?

그게 무슨 소리야…?

하…

시발.

군대 거꾸로
돌아간다.

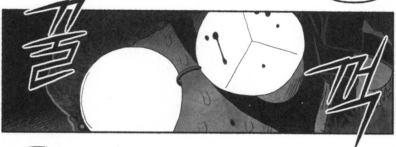

이 미친
새끼가.

어디
선임들 앞에서
욕지거리야.

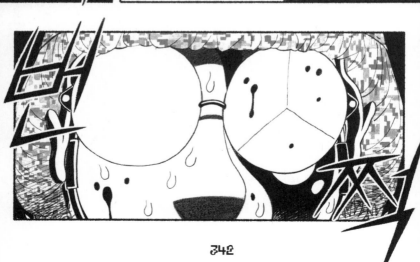

어…

박 대위.

충성!

주무시고 계셨을 텐데
이른 시각에 죄송합니다.
수사과장님.

아니야.
괜찮아.

나 작은 소리에도
잘 깨는 거 알잖아. 무슨
일인데?

어…
다름이
아니라…

제가 오늘
구타 사건 조사하러,

1812GP에
투입 예정되어 있지
않았습니까?

응.
그랬지.

근데
왜.

오늘
못 가게 됐어?

그건
아니고…

그…

수사과장님도
지금 같이 가셔야
할 것 같습니다…

지금?

왜?

그 GP에서
병사 한 명이…

사망…
했답니다…

…뭐?

헌병대 1

넵.
알겠습니다.

충성.

예.
충성.

여기
GP장 되십니까?

네.
맞습니다.

옆엣분은…

충성.

기무대 수사과장
박두일 소령입니다.

아.
충성.

헌병대 수사과장
표광용 소령입니다.

올라오시느라 고생 많으셨습니다.

저희도 방금 막 도착해서 수사 시작하려고 하고 있었습니다.

따라 오시죠.

넵. 알겠습니다.

어!

!

왜. 아는 사람이야?

넵. 제 육사 동기입니다.

그래? 세상 참 좁다.

이런 데서 동기를 다 만나고.

그러게 말입니다…

사망자는 조충렬 일병.

야간근무 중에 같이 근무 서던 사수가 잠깐 자리를 비운 사이에

수색중대 2소대 2분대 소속입니다.

가지고 있던 소총으로 스스로 목숨을 끊었다고 합니다.

아. 넵. 말씀 감사합니다.

이제부터는 저희 헌병대가 맡아서 조사하겠습니다.

헌병 MP

네. 필요한 게 있으시면 언제든지 말씀하십시오.

스윽

강호산
병장.

사건 당시
있었던 일을 상세하게
말해봐.

예…
저… 저희 분대는
야간 근무조였고…

낙뢰 상황이었기 때문에
저와 충렬이는 저가초소로
투입됐습니다.

낙뢰 조치 특성상
근무교대를 할 수 없어서…

저와 충렬이는 교대 없이
계속 근무를 서고 있었습니다.

그러면 안 됐다는 걸 알지만…
저는 담배를 피우기 위해 잠깐
자리를 비웠고…

탕!

총소리가 들려서
바로 초소로 달려가보니…

허억

허억

충렬이가…
자기 총으로…

자기
총으로…

스스로 목숨을 끊고…
쓰러져 있었습니다.

흠…
그래.

그럼 강호산 병장
본인과 조충렬 일병과의
사이는 어땠었나?

그…

그게…

여기 조충렬 일병의 유서를 보면

조충렬 일병은 너를 매우 부정적으로 생각했던 걸로 보이는데…

사실대로 말하는 게 좋을 거야.

꽉

악

죄… 죄송 합니다.

저는 충렬이가 저 때문에 그렇게까지 힘들어 하는 줄 몰랐습니다.

죄송합니다.

이제부터 많이 바빠질 거야.

언론에서도 귀찮게 할 거고.

이럴 때일수록 실수 없이 사건 잘 마무리 짓자고.

넵. 알겠습니다.

에휴… 기무대도 머리 아프겠어.

근데 저 친구 육사 동기라면서.

잔뜩 깨진 거 같은데 담배라도 같이 피우면서 위로 좀 해주고 와.

아. 아닙니다.

과장님이랑 같이 피우겠습니다.

보내줄 때가.

오랜만에 만난 동기랑 수다 좀 떨고.

동기 사랑 나라 사랑 아니겠냐.

넵.

알겠습니다.

이야. 현민아. 이게 얼마 만이야.

이거 한 대 피워.

아... 아니야.

뭐야. 금연 중이냐?

그... 그건 아닌데...

너도 건강 챙기는구나.

우리가 그럴 나이긴 하지...

아니. 그나저나 어디로 발령 갔나 했더니...

역시 윤현민. 기무대로 갔구만.

네가 우리 기수 중에서 제일 빨리 소령 달겠다.

에이... 아니야.

뭐야. 아까부터 왜 이렇게 눈치를 봐.

큰일이 터지긴 했어도, 너 이러는 모습은 내가 다 낯설다.

옛날에 날아다니던 그 현민이 어디 갔냐고.

그래.
나 옛날의
내가 아니야.

그러니까
부탁 좀 하자.

야!
어디 가!

이야기
좀 더 하고 가!!!

저 새끼
왜 저래…

혼자서만
들어,
꼭

헌병대 ♀

여기 분대원들의 진술서를 보면

꽤 예전부터 강호산 병장의 폭언과 구타가 있었는데…

정말 모르고 계셨습니까?

네…
모르고 있었습니다…

하지만…

충렬이가 힘들어하는 건 인지하고 있었습니다.

충렬이가 저렇게 된 건…

결국 제 탓입니다…

툭

추가 조사는 오후에 소대 GP 철수하고 진행하겠습니다.

오늘 사건 때문에 힘드실 텐데

마음 잘 추스르십시오.

역

저… 수사 과장님.

아.

박두일
수사과장님.

먼저 오셔서
통제해주신 덕분에

수사 편하게
진행할 수 있었습니다.

감사
합니다.

아닙니다.

저희도
저희 할 일을 했을
뿐입니다.

그럼 오늘
고생 많으셨습니다.

저희 쪽에서
추가로 요청할 자료 있으면
또 연락드리겠습니다.

네.

편하게
연락주십시오.

고생은 무슨…

근데… 박 대위.

우리 오늘 아침에 낙뢰 상황이라서 바로 못 들어오고

낙뢰 상황 풀릴 때까지 통문 앞에서 대기했잖아.

그럼 기무대는 언제 들어온 거지?

어…

잘 모르겠습니다.

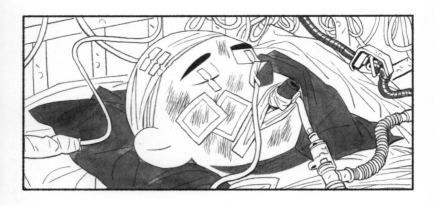

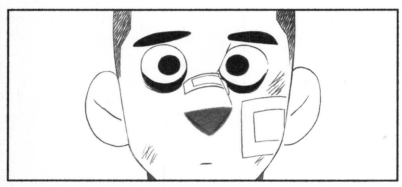

성민아.

며칠만 더 있다가 가지.

꼭 오늘 복귀해야 되는 거야?

이방인 1

충성! 예. 중대장님.

여기로 오라고 하셔서서 왔습니다.

그래. 에휴… 무슨 말을 해야 할지 모르겠다. 갑자기 이런 소식 듣고서 많이 놀랐지?

원래 바로 말해주고 싶었는데…

성민이 너 더 힘들게 하고 싶지 않아서 그랬어. 미안하다.

아. 아닙니다.

…저 근데 중대장님.

충렬이… 어쩌다가 저렇게 된 겁니까.

스윽

어… 그게…

호산이랑 경계근무 서다가, 호산이가 잠깐 자리 비운 사이에

자기 총으로 스스로 목숨을 끊었대.

재훈아.

나 없던 동안 무슨 일이 있었길…

GP에서 무슨 일이 있었던 거야.

나 없던 동안 GP에서 무슨 일이 있었냐고.

시발.

너는 여기서 뭐 그런 걸 물어보고 지랄이야.

성민아.

예.

GP장님.

잠깐
이야기
좀 하자.

동생은
좀 어때.

나아졌어?

의식은 아직
안 돌아왔지만…

그래도 많이
안정됐답니다.

다행이네.

예…
뭐…
괜찮
습니다.

성민이
너는 괜찮고?

GP장님은
좀 괜찮으십니까?

어…

그게…

성민아.

사실 GP장이
성민이한테 부탁할 게
있어서

이렇게
불렀어.

어떤
부탁…

말씀
이십니까…?

아…

아닙니다.

시작하기 전에
커피 좀 마실래?

어…

과장님.
제가
타 오겠습니다.

아니야.
내가
타 올게.

이야기 좀
나누고 있어.

녹음
일시정지

톡

하성민
일병.

시간 없으니까
바로 물어볼게.

솔직하게
말해줘.

이방인 ♀

헌병대 수사관님이 와 계시는데, 성민이를 찾습니다.

성민아 뭐 해.

엽. 죄송 합니다.

빨리 담배 끄고 따라와.

탁
탁

쓰흡

잠깐. 성민아.

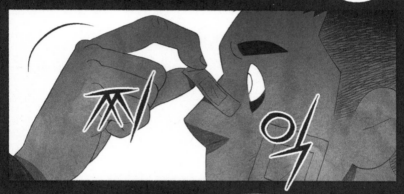

그러면 충렬이 처지가 어떻게 되겠어.

그리고 충렬이가 정신병이 있었다고 판명되면…

틱

틱

그건 강호산 그 새끼만 도와주는 꼴이 돼. 그 새끼 빠져나갈 구멍 만들어주는 거라고.

저기 헌병대?

그냥 자기네 실적 올리기 바쁘고, 충렬이가 어떻게 되든 신경 안 쓴다고.

오늘 충렬이 장례식 갔다 왔잖아.

충렬이 저렇게 불쌍하게 갔는데 우리가 복수해줘야지.

그런 거 신경이나 쓸 거 같아?

쩌

익

소대는 가족이잖아.

다시 한번
물을게.

조충렬 일병이
저렇게 된 이유,

강호산 병장
때문만은 아니지?

그게…

무슨
말씀이신지…

시간이 없으니까
까놓고 말할게.

GP에서 일어났던 일에
수상한 점이 한두 개가 아니야.

근데 사건이
발생했을 때

유일하게 GP에
없었던 인원이…

지금이 솔직하게 말할 수 있는 마지막 기회야.

부탁한다. 성민아.

저에게서 어떤 대답을 듣고 싶으신지 모르겠지만

저는 사건 당시 현장에 없었을뿐더러

충렬이가 자살을 했다는 소식은 오늘에서야 알았습니다.

분명하게 말씀드릴 수 있는 건…

제가 철수하기 전까진 충렬이는 저랑 대화도 잘했고

문제없어 보였다는 겁니다.

그럼…

이거 받아. 하성민 일병.

넵. 감사합니다.

시간이 많이 늦었으니까 빨리 끝내자고.

동생 때문에 밖에 나가 있었다며.

맞습니다.

그럼 당시 GP에 있었던 일은 제외하고

간단하게 몇 가지만 물어볼게.

넵.

소대 내에서 조충렬 일병에 대한

강호산 병장의 폭언 및 폭행이 있었나?

…네.

그게 시작된 건 언제부터지?

강호산 병장이 전출 오고

얼마 안 돼서 시작됐습니다.

그럼 강호산 병장이 전출 온 뒤로

조충렬 일병의 행동에 변화가 있었나?

...

그 뒤로부터는 강호산 병장의 구타 및 가혹행위에 대한 진위 여부와

충렬이가 힘들어하는 모습을 보였냐는 간단한 질문들만이 오갔고,

조사는 시작된 지 10분도 채 지나지 않아서 종료되었다.

오늘 일정
전파할 테니까
잠깐
모여봐.

오늘 일정은
별거 없어.

오늘은 외부에서
상담사분이 오시는데 분대별로
돌아가면서 상담받으면 돼.

상담 안 받는
인원들은 생활관에서
쉬고 있고.

그리고
오늘 일정이 나랑 같이하는
마지막 일정이야.

소대는
가족이니까

서로서로
잘 챙겨줘야
한다고.

계속
지켜볼 테니까,

서로
잘 챙겨주고.

몸 조심히
전역해라.

이 새끼들
분위기가 왜 이…

저벅

저벅

저벅

거꾸로 매달아도
국방부 시계는 돌아간다

412

아…

방해해서
죄송합니다.

아니야.
괜찮아.

강호산 병장님, 아니 강호산은 자신의 짐을 챙겨 중대를 떠났고,

그것이 내가 강호산을 본 마지막 모습이다.

강호산이 떠나고 한 달 가까이가 지나서야 재판이 열렸다.

강호산 병장은 같은 소대원인 故 조충렬 일병에게 수차례 폭언 및 폭행을 하였고,

재판의 판결은 이러했다.

이를 버티지 못한 故 조충렬 일병은 지난 11월 25일 GP 야간 경계근무 작전 중 자신의 소총으로 자살하였다.

사건 당시 발견된 故 조충렬 일병의 유서에도

2소대 다른 인원들의 진술에서도 故 조충렬 일병을 향한 강호산 병장의 폭언 및 폭행이 있었음이 밝혀진바

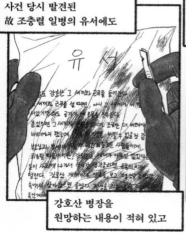

강호산 병장을 원망하는 내용이 적혀 있고

故 조충렬 일병의 직접적인 자살 원인이 강호산 병장에게 있음을 시인한다.

다만, 강호산 병장이 故 조충렬 일병에게 행한 폭언 및 폭행은 주로 훈련 중 또는 경계근무 중에 일어난 점, 폭언및폭행의 경위를 고려하면 훈련 및 임무수행에 차질이 없게끔 하기 위해 2소대의 다선임병이 후임병을 충고하고자 하는 의도로 행하였다는 점.

그리고 가해자가 진심으로 이 일을 반성하고 뉘우치고 있다는 점을 참작하지만 죄질이 결코 가볍지 않고, 故 조충렬 일병에게 향한 폭언 및 폭행에 사적인 감정이 있었음을 배제할 수 없기에…

군법원은 강호산 병장에게
징역 2년 및 집행유예 3년을 선고한다.

그렇게 강호산은 징역 2년에
집행유예 3년을
선고받아

강호산이 했던 가혹행위로
충렬이가 억울하게
세상을 떠났는데도

교도소행을
피해 갔다.

고작 징역 2년에
심지어 집행유예라니
원통하고 착잡했다.

하지만 나는
아무 말도
할 수가 없었다.

사건 당시 현장에 없어
더는 할 수 있는 이야기가
없을 뿐만 아니라

충렬이의 과거를 이야기하면
충렬이가 정신적으로 힘들어했다는
사실이 드러나고

그렇게 된다면,지금도 매우
가벼운 솜방망이 처벌을
받았다고 생각하는 강호산이

꽈

악

이보다 더 가벼운 처벌을
받을 게 뻔했기 때문이다.

하…

시발…

군대에는
이런 말이 있다.

거꾸로 매달아도
국방부 시계는 돌아간다.

무슨 일이 있어도 결국 시간은 흐르고
군생활 지나간다는 뜻이다.

그간 우리 중대도 마찬가지였고
충렬이가 세상을 떠나고 난 뒤
중대는 많은 것이 변했다.

우선 정은호 상병님은
분대원 관리에
소홀했다는 이유로
다른 소대로 전출되었다.

항간에 떠도는 소문에는
정은호 상병님이 먼저 전출을 가고 싶다고
건의하셨다는데…

아무튼 그 바람에
나는 얼떨결에 분대장이 되었다.

GP장님은 수색중대를
떠나 다른 곳으로 가셨고

새로 오신 GP장님은
소대장 직책이 처음이었기에

2소대에는 새로운
GP장님이 오시게 되었다.

자주… 아니 거의 맨날
분대장들을 불러내어 많은 것들을 물어보셨다.

바뀐 건 GP장님
뿐만이 아니었다.

충렬이 일 때문인지는
확실치 않으나 중대장님도 바뀌셨고

강호산 재판이 마무리될 때쯤엔
사단장님도 바뀌셨다.

덕분에 한동안 우리를 괴롭혔던
전 소대원 특급전사 달성 목표는

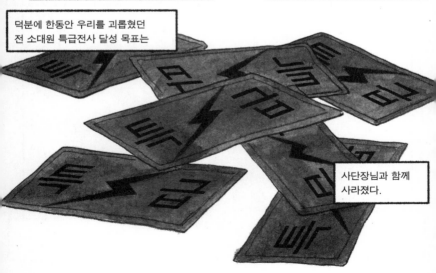

사단장님과 함께
사라졌다.

그렇게
시간은 흘렀고

그렇게
많은 것이 변했다.

허…

형아…

형아…

응.
성우야.

형
여기 있어.

오…
오느…을… 어…
디가…?

형아
나라 지키러
가야지.

성우
많이 아쉽구나.

괜찮아.

하성민
분대장님.

형 금방 다시
나올 거야.

오늘은 왜 이렇게
일찍 복귀하세요?

좀만 더
있다가 가지.

421

시간이 흘러
많은 것이 변했지만

生 1996·06·14 陽

故 조충렬

그럼에도
변하지 않는 것이 있다.

그것은 충렬이의
죽음에 대한
의문점

민정경

이 의문은 충렬이 장례식을 갔다 와서
헌병대 조사를 받던 그날,

확연히 다른 모습을 보인
두 헌병대 조사관님들로부터 시작됐다.

수사과장님은
강호산 병장에 대한 질문만을
물어봤지만,

이와는 정반대로 수사과장님과
동행한 수사관님은 충렬이의
자살 사건에 수상한 점이 있고

헌병 MP

자살 이유에 강호산 말고
다른 이유는 없었냐고 물어봤기
때문이다.

굳이 녹음기까지
정지해가면서 말이다.

어쩌면 GP장님 말대로
나에게서 다른 진술을 듣기 위해서
벌인 쇼였을지도 모르지만

수사관님이 말했던
수상한 점이란 과연 무엇이었을까?

그 이상했던 상황이
머릿속에서 떠나지 않는다.

정은호
수신중...

아…
전기 철조망에…
지뢰밭에…

자칫하면 목숨을
잃을 상황이었는데…
얼마나 무섭고
힘드셨을까요.

아닙니다.
아까도 말씀드렸지만
저는 북한에서 근무했을 때가

더 끔찍했고
하루하루가 지옥처럼
느껴졌기 때문에,
그런 것쯤은
아무것도 아니었습니다.

하… 정말 저희는
상상도 못 할 상황이었겠네요.

그럼 그렇게 해서
휴전선을 넘으셨는데
어떻게
귀순하시게 된 건가요?

아. 그래서
전기 철조망을 넘고
지뢰밭을 지났는데,

눈앞에 빛이
딱 보이는 겁니다.

북한은 전기가 부족해서
밤이 되면 불도 못 켜는데,
남한은 능선을 따라서
빛이 쫙 나 있는 거예요.

GOP 초소를
보셨구나.

제가 또
GOP에서 근무하지
않았습니까.
GOP는 밤이 되면
이렇게 불을 쫙 켜놓거든요.

네. 그래서
그냥 빛이 있는 곳으로
무작정 달려갔습니다.

달려가고 있는데
거기서 근무하시는 남한 군인분들이
저를 발견하시고, 멈춰라!
이렇게 말씀하시길래 저는 있는
힘껏 소리를 질렀죠.

그게
서로한테…

흠…

좋지
않겠습니까?

고마워.
재훈아.

하… 내일
우리가 전역한다니…

군생활
진짜 안 끝날 거 같았는데,
그래도 끝나긴 끝난다.

그러게
참…

고생 많았어.
재훈아.

아니…

아.
그건
그렇고.

애들이 우리
전역모랑 전역복
맞춰놨다길래

너 내일
약속 있어?

내일 누구
만나기로 했는데…

왜…?

같이 찾으러 가자고
말하려 그랬지.

아. 그럼
같이 가자.

누구 만나는 건
저녁 약속이라서 괜찮아.

내일 같이 가는 김에
점심도 같이 먹자.

…그래.

그러자.

442

사건의 전말 1

449

나…
잠깐 담배
피우고 있었어.

추운데
들어가자.

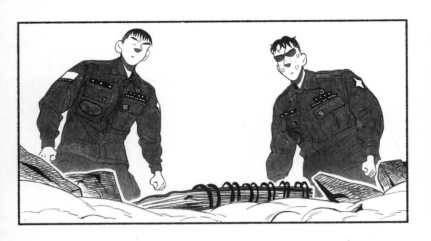

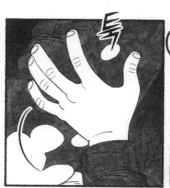

그…
그만…

알겠어…
알겠다고…

허억

허억

허억

근데…
너…

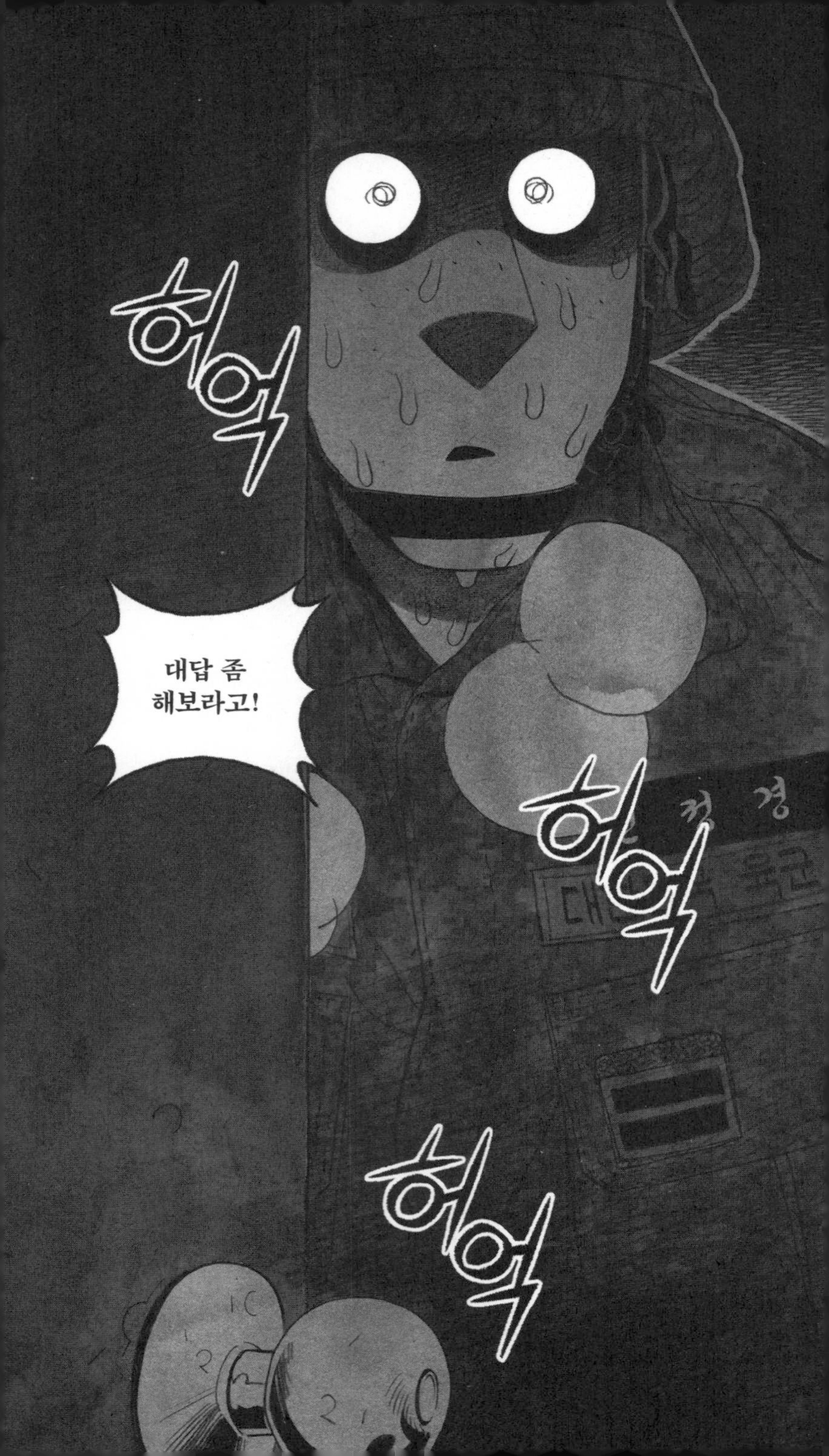
허억
대답 좀 해보라고!
허억
허억

사건의 전말 ♎

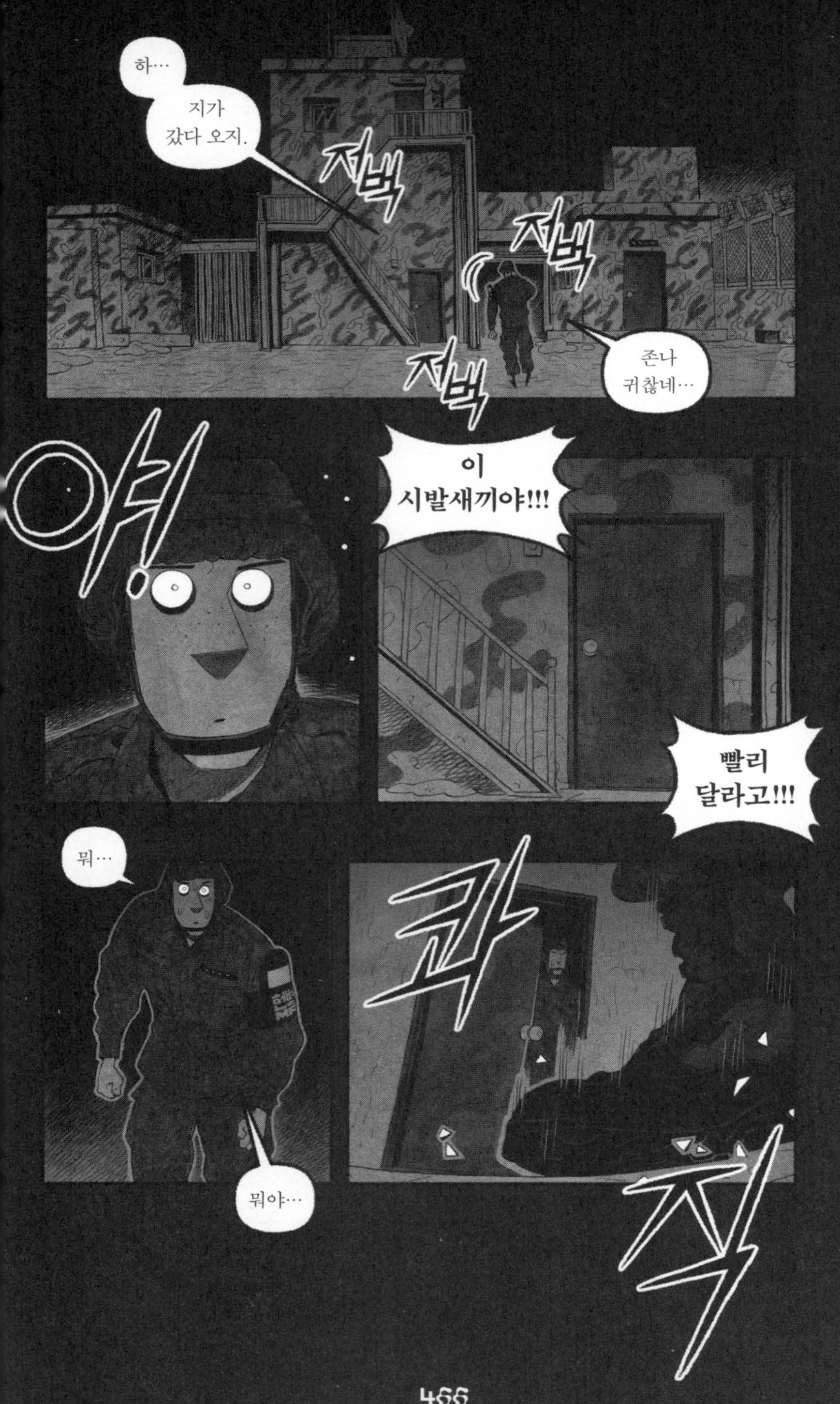
하…
지가
갔다 오지.
저벅
저벅
저벅
존나
귀찮네…
야!
이
시발새끼야!!!
빨리
달라고!!!
뭐…
뭐야…
콰
직

개새끼야.

처

가져갈 거면
가져가봐.

너 진짜
돌았구나?

탁

그게 무슨
시발, BB탄총이라도
되는 줄 알아?

쏘지도
못할 거면서

그렇게
막 들이밀고
지랄이야.

사건의 전말 ♂

434

예.
맞습니다.
제가
죽였습니다.
근데 시발
저도 억울합니다.
알았어.
다 들어줄게.
차근차근 말해봐.
근데 그 전에
들고 있는 총
나한테 줘.
위험
하잖아.
헉
헉
스윽
타
앗
철
컥

488

489

491

사건의 전말 4

이…

이거 보십시오.

이게…

F-1 세열수류탄이라고,

북한군이 쓰는 겁니다.

북한군 수류탄?

불출받은 수류탄을 까려고 했던 게 아니라, 북한군 수류탄을 까려고 했던 거네.

하… 시발…

북한군 수류탄 확실한 거지?

와… 그럼 이 새끼…

이거 좆된 거지?

좆된 거잖아.

일단 위에 가서 보고 올 테니까,

부GP장. 강호산 저 새끼 좀 맡아주십시오.

알겠습니다.

하…

강호산…

이
미친 새끼…

강호산 병장님.

왜 그런 겁니까.

뭐가.

아니. 뭐 충렬이한테 총 쏜 거는…

충렬이가 수류탄 들고 있어서 그랬다 쳐도…

왜 시신에 손대면서까지…

그렇게…

왜 수류탄을 까려 했는지 꼬치꼬치 캐물을 거 아냐.

하… 재훈아.

생각을 좀 해봐.

조충렬 그 새끼가 수류탄을 까려고 해서 총을 쐈다고 하면

헌병에서 "아, 정당방위입니다." 하고 넘어갈 것 같아?

근데 여기서 구타 신고까지 들어왔었고

같이 근무 들어간 선임한텐 구타 기록까지 있네?

GP장님도 그러시지 않았습니까?
귀순하러 내려온 북한군…
조충렬이 쏴 죽인 걸 북한군이 먼저 총질했다고 장난쳐놓은 거
다 압니다.
헌병
삐질
그러니까 조충렬 뒤진 거
그냥 제가 말한 대로 자살 사건으로 보고하십시오.
안 그러면 저도 확 불 겁니다.
그때 그 북한군 사건.
다 조작된 거라고.

말해.

말하라고.

시발, 지금
그게 중요해?

사람 한 명이
죽었는데?

승규야.

사단 지통실로
전화선 하나 살려봐.

넵.

강호산
이 새끼야.

내가 너는
어떻게든 죗값
치르게 할 거야.

사건의 전말 5

나 기무대
수사과장

충성!

수사
과장님!

박두일
소령인데

어.

지금 내려와서
통문 개방 좀 해.

통문
개방…

말씀
이십니까…?

죄송하지만
수사과장님…

그게… 통문은
제가 마음대로 열 수가
없습니다…

지금
낙뢰 상황이라서…

통문 개방을
할 수가 없습니다…

왜.

통문 개방을 하려면
상부에 보고해야 되는데…

낙뢰 상황이라
상부에서 허락이
안 떨어질…

어이.

하사 김용훈!

내가 그것도 모르고 왔을 것 같아?

두 번 말 안 하니까 지금 당장 내려와.

상부에는 아무 말 말고.

하…

뚝

뚜 뚜 뚜 뚜

유식아!

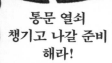

통문 열쇠 챙기고 나갈 준비 해라!

빨리!!!

GP장.

상황실
전화선들은
다 뽑았고?

그럼 아까
말한 인원들
말고,
다른 인원들은
이 사실을 모르는 건가?

예.
다른 소대원들은
생활관에 대기시키고,
상황 통제했습니다.

예…

좋아.
시간이 없으니까
빠르게 진행하자고.

아까 전화했을 때
소리 지르던 인원은 어딨지?

조충렬 그 새끼가 그 일로 트라우마가 생겼는지

자꾸 자기가 죽인 북한군이 보인다고 그랬었습니다.

그러고는 GP장한테 상담까지 요청하고,

실제로 외부 상담이 잡혀서 작전표에 GP 철수하는 예정으로 올라갔습니다.

이 말이 사실이야?

...예. 맞습니다.

그래. 이제야 좀 알맹이 있는 소리를 하네.

마저 이야기해봐.

조충렬 그 새끼가 정신적으로 힘들어했다는 증거로는 충분합니다.

우리 초소로 총을 쏜 북한군을 성공적으로 저지한 인물인데

그런 트라우마가 남겠습니까?

물론 사람을 죽인 일이지만,

그 일로 사단의 영웅 소리 들으면서 군단장님 표창까지 받았는데,

사단의 영웅이 그 일로 정신병이 생겼다?

사람들이 이상하다고 여기잖겠습니까?

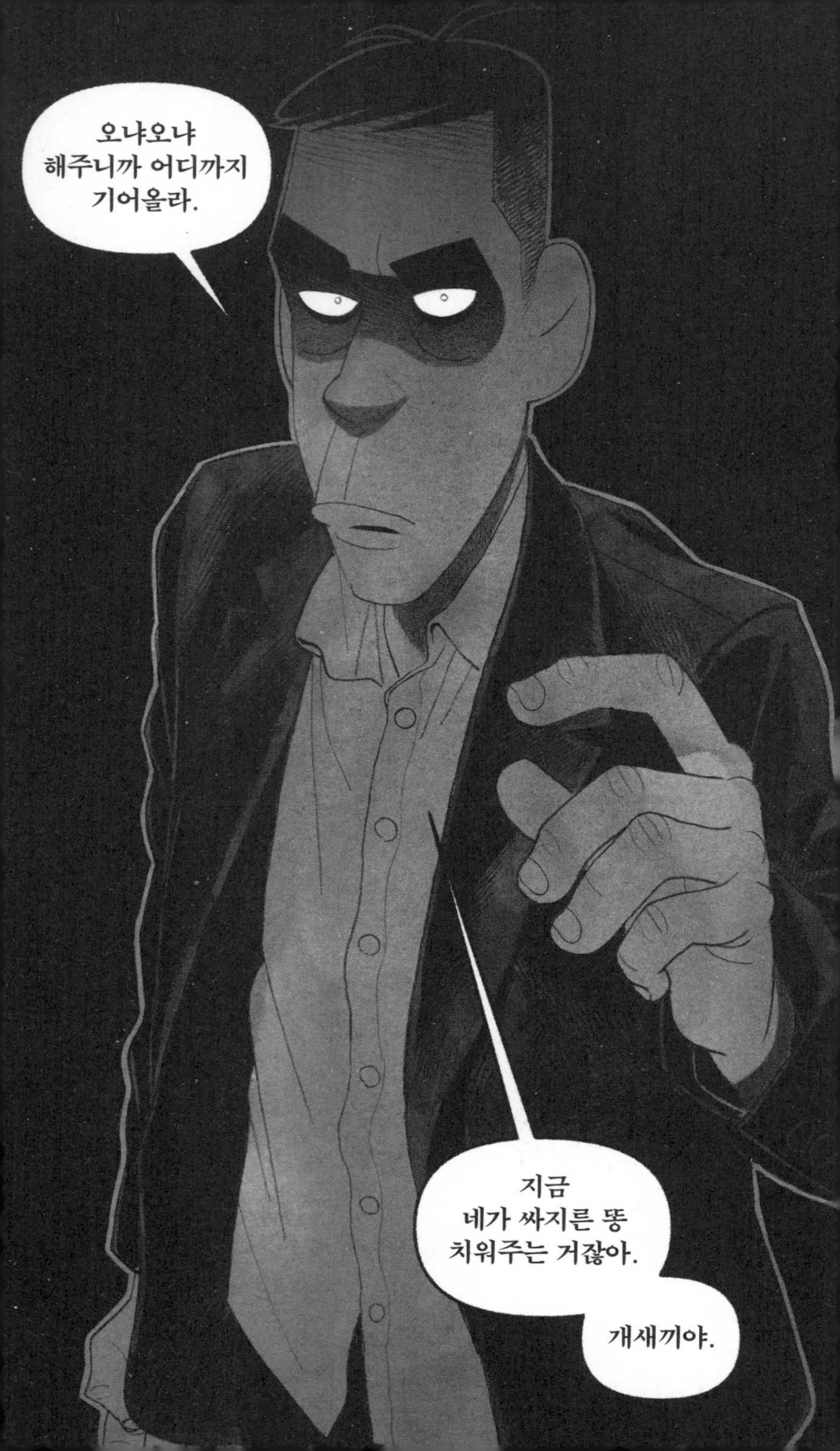
오냐오냐 해주니까 어디까지 기어올라.
지금 네가 싸지른 똥 치워주는 거잖아.
개새끼야.

사건의 전말 6

한 발짝 떨어져서 객관적으로 봐.
…
살인 및 증거 조작과 자살 가해.
둘 중에 어떤 게 처벌이 셀지.
수사 과장님…
제가…
민 정
제가…
총대 메고 자백하겠습니다.

귀순하려 한
북한군이

먼저 총격 도발했다고
조작하잔 생각도
저한테서 나왔으니까…

제가 책임지고
옷 벗겠습니다.

하…
GP장.

아무리 생각해도
이건 옳지 않은 것 같습니다.

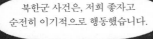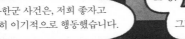

GP장.

그만.

북한군 사건은, 저희 좋자고
순전히 이기적으로 행동했습니다.

근데
이건…

야!

이건 도대체
누구한테 좋은 겁니까?

그냥 죽은
충렬이만 가엾…

김도균!!!

이번 일 너네가 자초한 거잖아.
진작에 귀순하려 했던 북한군 잘 잡았으면 문제 될 거 하나 없던 거라고.
나한테 냉혈한 새끼라고 욕하고 손가락질해도 좋아.
근데 나는 모두한테 최대한 좋은 방향으로 마무리 지으려는 거야.
나라고 시발 이런 좆같은 짓 좋아서 하는 거 아니라고.
그러니까 내 말 처들어.
알겠어?
…
알겠냐고.
예… 알겠습니다…

사건의 전말 ㄹ

흠...

좋아.

예...

딸깍

고생했어.

이제 GP장은 소대원들한테 상황 전파해.

그사이에 너네는 조충렬 일병 관물대에 있는 물건들 싹 가져 나오고.

북한군 관련 이야기 일기장이나 쪽지 같은 거에 써져 있나 확인해야 하니까.

545

아무튼…
이따가 낙뢰 조치 풀리면
기무대랑 헌병대에서 올라와서
수사 진행할 거야.
그러면 너네한테
여러 가지 질문을 할 텐데…
강호산 그 새끼가
평소에도 충렬이한테 욕하거나
때렸냐고 물어보면
사실대로
말씀드려.
2분대 너네도
본 거 있으면 숨기지 말고
그대로 다 말씀드리고.
그리고…
GP장이 너네한테 당부할 게
몇 가지 있어.
너네 중에 충렬이가 북한군 사건 때문에
트라우마 생겨서 상담 요청했던 거 아는
인원들 있을 거야.
이따가 조사받을 때
괜히 북한군 사건 꺼내지 마.

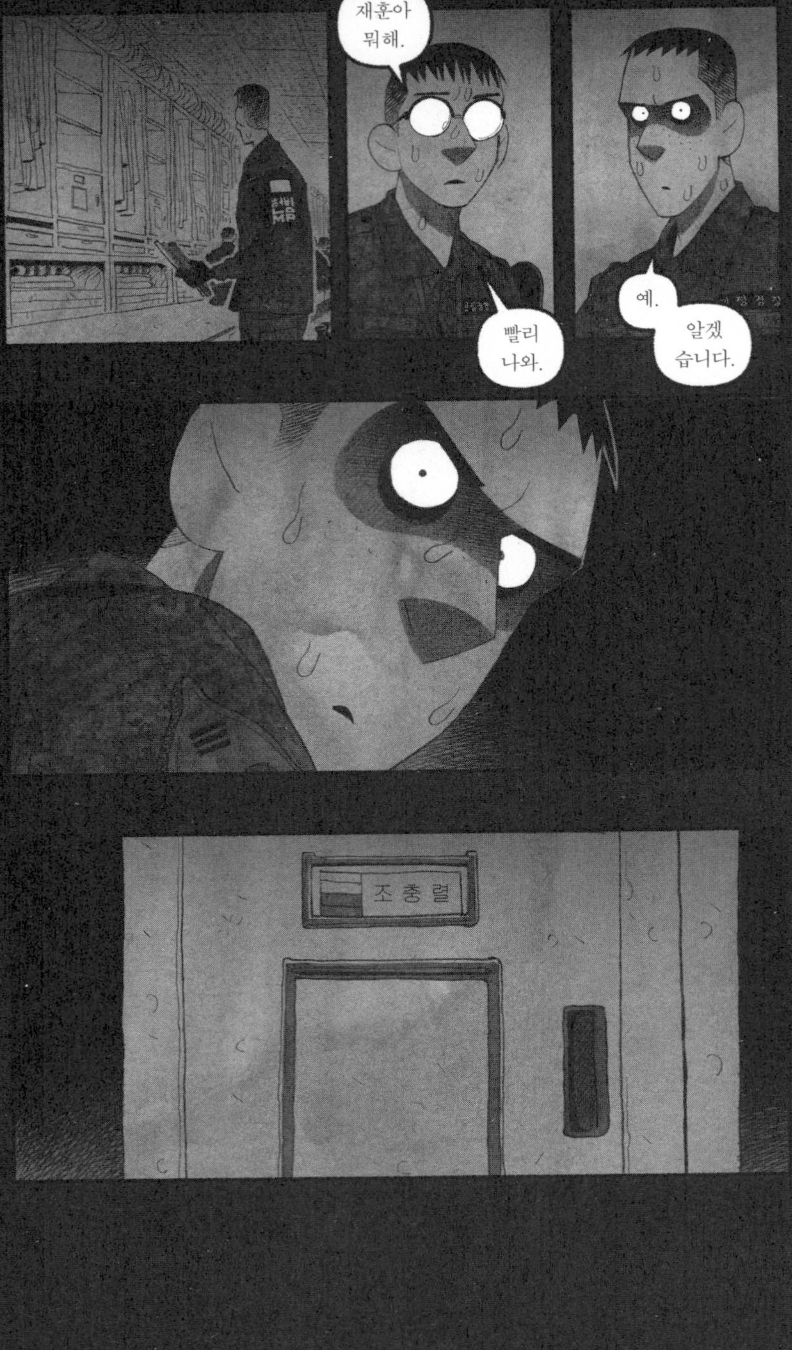

재훈아 뭐해.
빨리 나와.
예.
알겠습니다.
조충렬

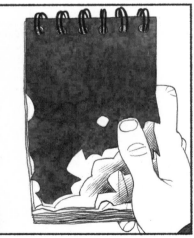

…아니.

이 사실을 안 이상

하…

그래. 너 좋대로 해.

나라도 책임지고 밝혀야겠어.

네가 그걸로 뭘 하려는지 모르겠지만

이거는 알아둬.

이미 1년도 더 지난 일이고

우리가 감당할 수 있는 일도 아니라는 걸.

그리고…

스윽

혹시나 해서 말하는 건데…

네가 그 사건 당시에 밖에 나가 있었다고 해서

충렬이 일이랑 무관하다고 생각하진 마.

네가 국방헬프콜에
신고만 안 했어도

충렬이 원래 예정대로
GP 철수해서 상담받고

다른 곳으로
전출 갈 수 있었을 테니까.

그…

그건…

잘 생각하고
행동해.

너 선택 하나에
여러 명의 모가지가
날아갈 수도 있어.

554

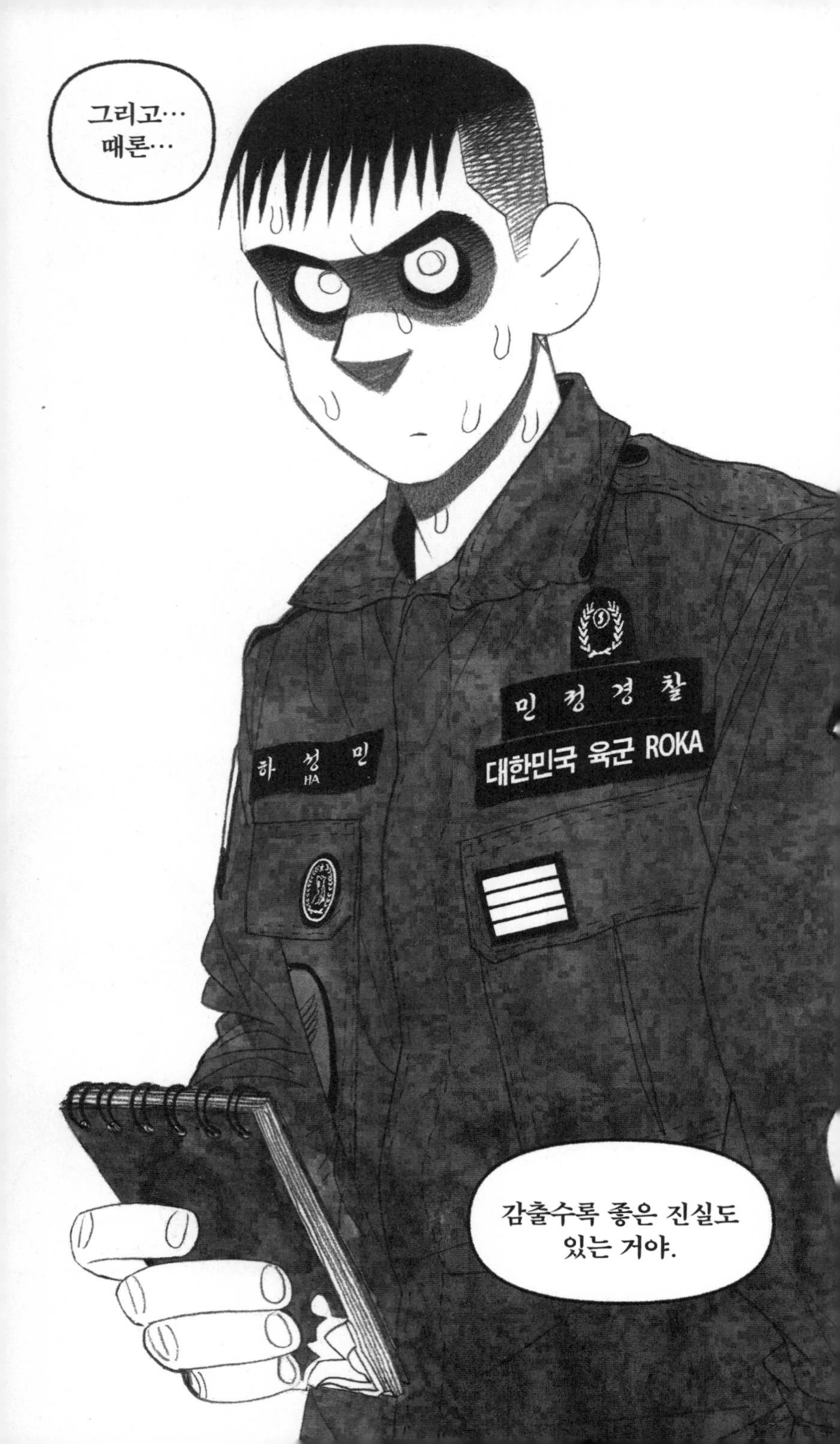
그리고…
때론…
하성민
HA
민정경찰
대한민국 육군 ROKA
감출수록 좋은 진실도
있는 거야.

전역 1

와— 빠작빠작하니 예쁘다—

이런 건 얼마나 하려나—

글쎄…

나한테는 좀 작다—

성민이 머리 많이 작구나—

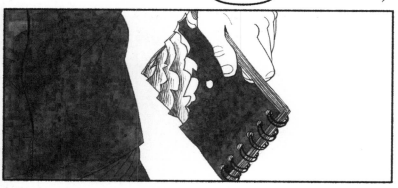

손에 들고 있는 건 뭐야~.

얼마나 오래 썼으면 다 너덜너덜해졌네~

오래된 건 버려~

…병진아.

만약 내가 신고를 안 해서 충렬이가 다른 곳으로
갔으면 그런 일은 없었겠지…

충렬이도 멀쩡하게
전역할 수 있었을 텐…

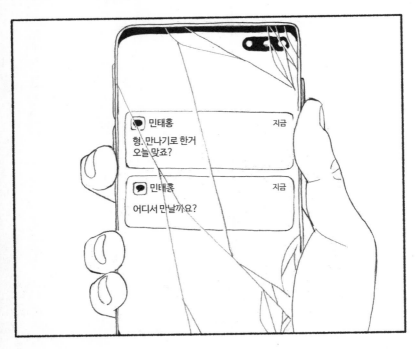

569

전역 ♁

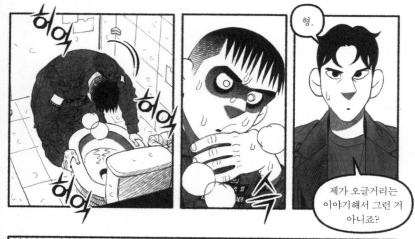

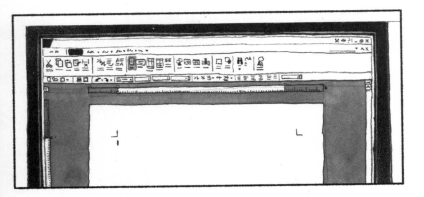

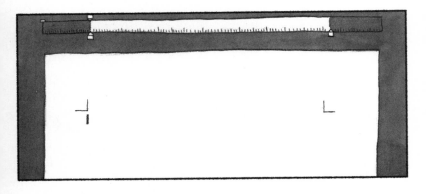

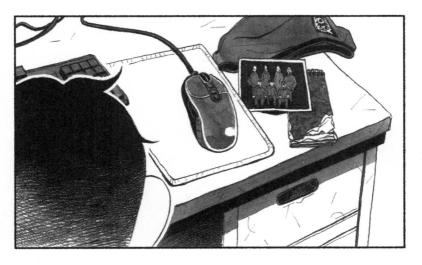

오늘 아니면
못 드릴 거 같아서
그럽니다.
어…
슥
성민아.
이제
출발할게.
고마워.
부릉
부릉
덜컹
덜컹
충렬아.
면정경찰
흑자는
이렇게 말했습니다.

굳이 알려서
좋을 이유 없다고.

때로는 진실을
감출수록 좋을 때도
있다고.

하지만 거짓말로 만들어진
작은 눈덩이가 커지고 커져서

이 굴러가고 있는
거대한 눈덩이를
하루빨리 멈추지 않으면

조국을 수호하기 위해 입대를 결심한
젊고 소중한 목숨이 처참히 짓밟혔다는
사실을 알고 나서야 깨달았습니다.

이 눈덩이가 또 어떤
끔찍한 결과를 초래할지 아무도
모른다는 것을요.

수신확인

제가 말한 이야기에 어떠한 거짓이 없음을
밝히고자 증거자료를 함께 첨부하였습니다.
부디 굴러가는 이 눈덩이를 멈춰주시길
간곡히 부탁드립니다.|

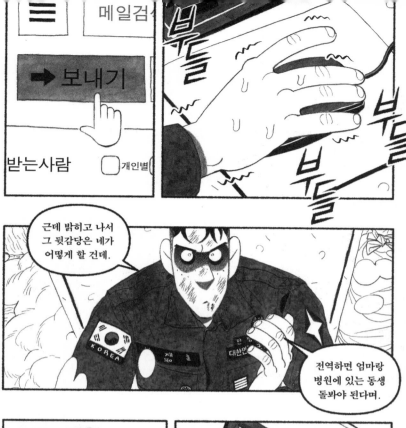

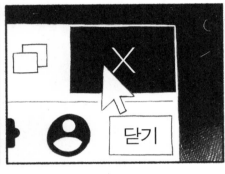

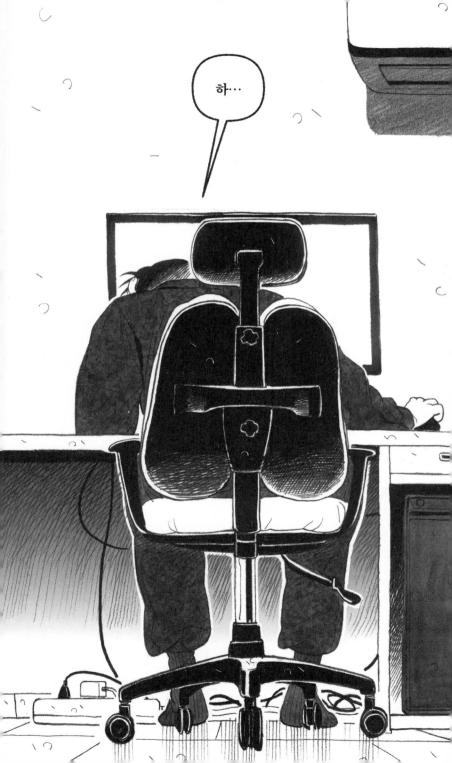

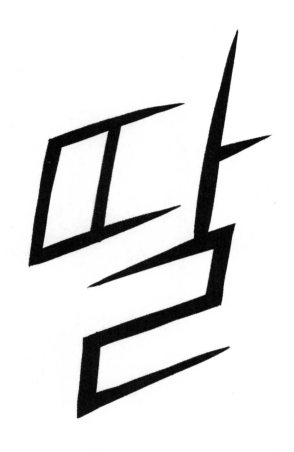

시팔.
모르겠다.

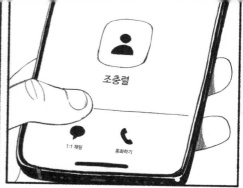

조충렬

1:1 채팅   통화하기

하…

아닌가…

갑자기 연락하면
불편해하려나…

뚝

조충렬

1:1 채팅   통화하기

뚝

아.

뭐야,
갑자기.

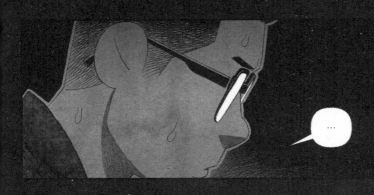

…

그래…

그럴 수 있지.

나도 그랬었어.

너는 오늘 같은 일이 한 번도 없었을 거라고 생각해?

네가 생각하는 것보다 이런 일은 꽤 많이 있었어.

근데 그걸 네가 왜 모르고 있을까?

잘 생각해봐.

…

그리고 내가 장담 하나 할까?

네가 근무하는 동안 이런 일을 보는 게 이번이 마지막이 아닐 거야.

근데 그럴 때마다 이렇게 좆같이 굴 거야?

현민아. 우리 솔직해지자. 너 육사 왜 나왔어.

너나 나나 왜 20대 젊은 청춘 다른 사람들처럼 안 즐기고,

육사에서 자그마치 4년이나 좆뺑이 치면서 있었냐고.

덥

석

…

여기에 별 하나 달아보려고 그 지랄 떤 거 아니야?

박 대위.

아.
수사과장님.

이제
들어가려고.

아니.
이제
박 소령(진)*이지.

아직 퇴근
안 하셨습니까?

너 왜
안 들어가고
여기 있어.

남은 일 좀 마저
끝내고 퇴근하겠습니다.

오늘은 그만하고
내일 이어서 해.

꼭 오늘
끝내야 되는 것도
아닌데 유난은…

수사과장님.

*(진)은 진급 예정자,
진급 대상자를 표현하는 약어

그…

왜 1년 전에 1812GP에서 있었던 조충렬 일병 사건 있지 않습니까?

그 사건 기무대로 올라가고 나서 추가 소식 내려온 거 없습니까?

그거 기무대에서 자살 사건으로 종결했잖아.

그건 그렇지만…

그 사건에 계속 미련 가지고 있는 거 아는데

이제 좀 놓아줘라.

옛날 일 계속 생각하면 일 오래 못 해.

나 먼저 들어간다.

예.

조심히 들어가십시오.

기자님. 이것 좀 보세요.

이게 뭐냐면 애아빠가 힘들게 얻은 충렬이 유서 사진이에요.

힘들게 얻었다고요?

네. 처음에 군에서 현장에서 발견된 유서가 충렬이 께 맞는지 확인해달라고 보여주긴 했는데

저희가 긴가민가해서 달라고 했거든요.

근데 수사 증거물이라 줄 수 없다고 그래서, 그러면 복사본이라도 달라고 했는데 계속 거절하는 거예요.

근데도 애아빠가 힘들게 어찌어찌해서 유서 사진이라도 얻었는데

수상한 점이 보이더라고요.

어떤 점이 수상했나요?

충렬이가 대학 다닐 때 썼던 공책에 있는 글씨랑 사진에 있는 글씨를 비교해보니까

충렬이 글씨랑 비슷하긴 한데 다른 부분이 꽤 눈에 띄는 거예요.

그래서 그걸 가지고 문서감정원에 필적 대조를 의뢰해보니까 거기서 말씀하시길

이건 다른 사람이 쓴 것 같다고 하시더라고요.

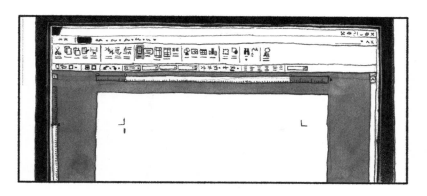

하…

선배님.
이것 좀 드세요.

얼굴에 그늘이
장난 아닙니다.

고맙다.
진성아.

잘
마실게.

아닙니다~

그나저나
선배님이 쓴 기사
난리 났던데요?

오늘 전화만
몇 통을
받았는지…

한채민
기자.

예.
부장님.

하…

너 이거…
확실한 증거 받아서
하고 있는 거 맞지?

이런 건 확실한 증거
없이 건드렸다간 진짜
큰일 나.

네.
잘해보겠습니다.

한 기자가 군대를 안 갔다 와서
거기가 얼마나 철두철미한지
모르겠지만…

내가
충고 하나
하면…

여기에 목숨 걸렸다
생각하고 해야 해.

천 기자 네가
옆에서 잘 케어하고.

네.
알겠습니다.

참…

말을
예쁘게 하셔.

부장님도 오늘
이래저래 깨지고

예민해지셔서
저러시는 걸 거예요.

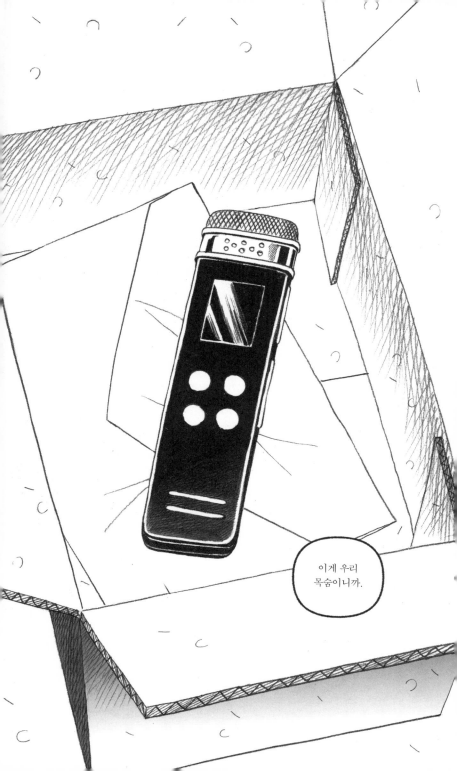

OSIK

1997년 태어나 한국애니메이션고등학교와 청강문화산업대학교에서 만화를 전공하면서
만화가의 꿈을 키웠다. 2019년 네이버웹툰에서 「민간인통제구역」을 연재하며
만화가로서의 본격적인 경력을 시작했다.

민간인통제구역

오

1판 1쇄 찍음 2021년 6월 15일
1판 1쇄 펴냄 2021년 6월 30일

글·그림   OSIK
편집   김미래
디자인   플락플락
디자인어시스트   윤주형

펴낸이   김태웅
펴낸곳   goat
출판등록   2016년 6월 1일 제2018-000235호
주소   서울시 마포구 백범로48 2층

goat는 종이를 별미로 삼는 염소가 차마 삼키지 못한 마지막 한 권의 책을 소개하는 마음으로,
알려지지 않은 책, 알려질 가치가 있는 책을 선별하여 펴냅니다.

🌐 jjokkpress.com
📷 spineseoul   📷 jjokkpress

흠…

올 때가
됐는데…

미,
민태홍
병장님!